AF281173

Impressum

Publisher: BoD · Books on Demand GmbH,
In de Tarpen 42, 22848 Norderstedt,
bod@bod.de
Tel.: +49 40 - 53 43 35-0
E-Mail: info@bod.de
Web: www.bod.de

Autorin: Vanessa Divković

ISBN: 978-3-7693-1066-5

Verlag: BoD · Books on Demand GmbH,
In de Tarpen 42, 22848 Norderstedt,
bod@bod.de
Erstveröffentlichung: 2024

2. Auflage
Druck: Libri Plureos GmbH, Friedensallee 273,
22763 Hamburg

Vanessa Divković

Social Media:

Mein kleiner Freund und großer Feind

Dieses Buch enthält potenziell triggernde Inhalte.

Diese sind: Handysucht, Panikattacken, Stalking, Selbstverletzung

An alle verletzten Seelchen.

„Unsere Lebenswelt ist geprägt vom World Wide Web."

So hätte das Buch beginnen können, wenn wir das Jahr 2010 schreiben würden. Heute passt eher die Aussage „Unsere Lebenswelt ist das World Wide Web", um das aktuelle Zeitalter beschreiben zu müssen.

Abgesehen von praktischen alltäglichen Kleinigkeiten, die digitalisiert wurden, wie zum Beispiel Onlinebanking oder digitale Arzttermine, ist das 21. Jahrhundert vor allem auch von Social Media gekennzeichnet.

Neben dem Erstellen von Profilen, Avataren und Figürchen, die uns ähnlich sind, wird uns durch die Nutzung verschiedener sozialer Medien das unverhältnismäßige Teilen von Information und Geschehnissen ermöglicht. Verschiedene Plattformen bieten uns die Möglichkeit, uns hinter einem Bildschirm zu verstecken und eine selbstbestimmte Internet Profilierung durchzuführen, die im Endeffekt komplett erfunden sein kann. Gebrandmarkt von Identitätskrisen und unauffälligem grenzüberschreitenden Verhalten, wird nicht nur unsere physische Gesundheit, sondern auch psychische Balance gefährdet. *Wann ist genug? Tut es mir wirklich gut? Ich will nur noch einmal schauen, was Person X macht. Sie sollen denken, dass…*

Die letzten Jahre wurde mir immer bewusster, wie gesegnet ich mich fühlen kann, zu der letzten Generation der Welt zu gehören, die komplett ohne Social Media und exzessiver Internetnutzung volljährig werden durfte. Ich hatte die Möglichkeit, mich zu entfalten, ohne das Gefühl zu haben, makellos und perfekt sein zu müssen. Nichtsdestotrotz holten mich diese Gedanken und Situationen viel später ein, nämlich in den ersten Jahren meiner Volljährigkeit.

Mein selbstbestimmtes Leben begann, wie für die meisten, erst so richtig mit Anfang 20. Ich begann zu studieren, beendete endlich eine langjährige fesselnde Beziehung, bereiste die Welt und spürte Emotionen, die ich niemals spüren wollte. Ich zweifelte an mir, an der Menschheit, an sogenannten „Freunden" und an der ganzen Welt. Geprägt von Weltschmerz und einer Selbstfindungskrise, begegnete ich einigen Menschen, die mich vor neue Herausforderungen stellten und mich meinen eigenen Wert in Frage stellen ließen. Ich fand mich in Situationen wieder, in denen ich Dinge tat und dachte, die mir lange zu unangenehm waren, um darüber zu berichten. Jetzt sitze ich hier und ich *spill the tea* über mich, meine vergangenen Verhaltensmuster und Gedankengänge. In Situationen, in denen ich an meinen psychischen Abgründen stand, war er eben da, mein bester Freund: Social Media.

Social Media ermöglichte mir, mich so darzustellen, wie ich von anderen gesehen werden wollte: schön, erfolgreich, wohlhabend, glücklich, glücklich, glücklich. Vor allem Letzteres war ich am wenigsten.

Für eine Sache war ich Social Media besonders dankbar: Ich konnte Menschen nahe sein, die mir nicht nahe sein wollten. Ich konnte Menschen sehen, die mich nicht sehen wollten. Ihr Leben verfolgen, ein Teil davon sein. Ob sie es wollten oder nicht.

Es gelang mir nach Menschen und einer Handy-App absolut süchtig zu werden. Denn ich konnte Beziehungen, Freundschaften, Streit nachverfolgen und ja, sogar zerstören. Schnell merkte ich, dass ich meinen besten Freund zum größten Feind großzog.

Klingt verrückt und auch erbärmlich. Ist es im Endeffekt aber nur teilweise, da es wahrscheinlich mehr Heranwachsende gibt, die sich mit diesem

Verhaltensmuster identifizieren können, als dass sie diese als befremdlich kategorisieren.

Also begann ich mich zu fragen: Wenn sogar ich, als erwachsener Mensch und als – zu dem Zeitpunkt – angehende Lehrkraft, selbstzerstörerische Verhaltensmuster zeigte, obwohl mir die Funktionsweise von Social Media damals schon bewusst war, wie müssen sich dann wohl Minderjährige fühlen? Diese Frage beantwortete sich nach meinem Staatsexamen relativ schnell, denn in meinem Beruf als Haupt- und Realschullehrerin werde ich regelmäßig mit Themen konfrontiert, auf die ich mental nicht vorbereitet bin. Plötzlich geht es nicht mehr um die nächste Englischarbeit oder die Verwendung des *present progressives*. Viel eher finde ich mich regelmäßig in Gesprächen mit jungen Menschen wieder, die mir ihre dunkelsten Geheimnisse erzählen, die ich mir teilweise nicht vorstellen konnte und um ehrlich zu sein auch nicht wollte.

Von Selbstverletzung, Liebeskummer und Stalking erzählten mir „meine Kleinen" und suchten nach Rat. *Wie bekomme ich dieses Video aus dem Internet? Ich habe herausgefunden, dass… Ich konnte nachverfolgen wie lange…Ich habe auf Instagram eine Anleitung gefunden zum… Ich weiß jetzt, wo sie wohnt…Ich habe ein Foto von…*

Lange war mir nicht bewusst, dass meine Arbeit an Schulen automatisch auch eine enge Zusammenarbeit mit dem Jugendamt und sämtlichen Psychologen bedeuten würde. Zeitgleich wollte ich neben der Weitervermittlung an psychologische Einrichtungen weiterhin die vertrauenswürdige Lehrkraft bleiben und ihre Worte wie ein Schwamm aufsaugen, was ich auch tat. Manche Themen trafen mich mehr als andere, andere Themen fühlte ich mehr als ich sollte. Auch wenn meine Schüler*innen bis zum heutigen Tage denken, niemand könne sie verstehen, ihr Verhalten nachvollziehen, geschweige denn nachempfinden, muss ich sie enttäuschen.

Ich kenne sie.

Viele Situationen aus dem Buch haben in meinem Leben so stattgefunden, einige Textstellen entstammen sogar aus privaten Briefen. Manche von ihnen wurden abgeschickt, andere erhielten nie einen Empfänger. Auch wenn viele Details jedoch komplett meiner Kreativität geschuldet sind, stellt dieses Buch im Großen und Ganzen die Entwicklung meiner Gefühls- und Gedankenwelt der vergangenen Jahre dar. Somit soll „Social Media – mein kleiner Freund und großer Feind" etwas Balsam für alle verletzten Seelchen sein, die sich im World Wide Web verloren haben und der festen Überzeugung sind, dass sie die Einzigen auf der Welt sind. Ihr seid es nicht.

Teil 1: Es war einmal …

1 …*Vor langer, langer Zeit…*

…ein Mädchen namens Mia.

Seit elf Tagen war Mia verschwunden, es gab kein Lebenszeichen mehr von ihr. Wer Mia war? Meine Ex beste Freundin. Betonung auf Ex! Und mit „kein Lebenszeichen" meinte ich natürlich auf Social Media und nicht im echten *echten* Leben, aber das war ja irgendwie dasselbe. Snapchat, Instagram und so weiter. Wer sich auf Social Media tot stellt, zeigt Schwäche und Unzufriedenheit, sagte zumindest meine Kindheitsfreundin Jess.

Soweit mir bekannt war, lebte Mia nach wie vor in diesem wunderbaren Haus mit Ausblick auf das Meer. In ihrem perfekten Zimmer, mit der perfekten und wohlhabenden Familie, in der es nie Probleme gab. So wie ich eben.

Fast…

Ich lebte mit meinen Eltern in einer Dreizimmerwohnung. Für uns drei war sie komplett ausreichend. Meine Eltern arbeiteten viel, doch sie pflegten ein harmonisches Verhältnis. Ich glaube hierfür war mehr mein Vater als meine Mutter verantwortlich. Sie konnte sehr schnell gestresst und schnippisch sein. Er war jedoch sehr zärtlich und fürsorglich uns gegenüber. Immer, wenn ich an meinen Vater dachte, sah ich eine weiße Feder vor mir. Leicht, rein, sanft. Bei meiner Mutter eher ein Vulkan auf Hawai'i. Wunderschön, beeindruckend und dennoch mit Vorsicht zu genießen.

Und jetzt kurz zu mir: Ich bin Alessa, alle nannten mich Ally. Ich war damals, als ich Mia traf, fünfzehn Jahre alt, hatte dunkelbraune gewellte Haare bis zur Brust und große grüne Augen, ein paar Sommersprossen und einen chronisch genervten Gesichtsausdruck. Meinen Style hätte ich als lässig und düster bezeichnet. Eben der klassische „Ich gebe mir viel Mühe für mein

Outfit, es soll aber mühelos aussehen"-Look. Die perfekte Mischung meiner Eltern eben.

Es fiel mir schon immer schwer, mir vorzustellen, wie meine Eltern vor meiner Zeit waren. Immerhin hatten sie ein ganzes *Leben* vor meiner Zeit und waren nicht immer so spießig und gestresst, davon erzählten sie jedenfalls. Das erste Date, gemeinsames Ausgehen, verliebt durch die Straßen schlendern und sich emotional und körperlich näher kommen- nein, ich denke, niemand möchte sich vorstellen, wie man selbst gezeugt wurde. Und jetzt denkst du doch daran, igitt, tut mir leid.

Nun war ich aber auf dieser Welt, ohne dass mich jemand gefragt hatte, ob ich das wirklich wollte (hätte mich wahrscheinlich dagegen entschieden), denn was soll ich sagen, bis zu dem Zeitpunkt war ich kein Fan des Erwachsenwerdens. Also ich konnte es kaum erwarten, endlich erwachsen und unabhängig zu werden, aber der Weg dahin schien mir so anstrengend und langwierig. Schule, Freunde, Familie, alles nicht so einfach.

Wenn ich mich arg gestresste fühlte, schlief ich entweder 13 Stunden (ich sag's euch, das ist *die* perfekte Stundenzahl, nicht mehr und nicht weniger) oder ich griff einfach zum Handy und tauchte in eine andere Welt. Das war praktischer und kostete mich nicht immer 13 Stunden am Tag. Manchmal halt auch sieben oder sechs Stunden, je nachdem. Wenn ich einmal am Handy war, vergaß ich nämlich alles. Ich schaute mir diese 15-sekündigen Videos an und *scrollte*[1] weiter.

Langweilig, weiter.

Was zur Hölle? Weiter.

Ganz *nice*, trotzdem weiter.

---

[1]Eine Übersetzung der englischen Begriffe befindet sich auf Seite 174.

Oh mein Gott, so lustig, liken und speichern und später nochmal anschauen.

OH MEIN GOTT – *what the hell*? War das Jana? Mit ihrem neuen Freund? Wow, das ging ja schnell. Screenshot, sofort, ich musste mir das genauer anschauen und die Gefahr, das Video aus Versehen zu liken, durfte mir nicht passieren. Ich zoomte, was das Zeug hielt, mein Handy fiel mir fast aus der Hand. Wer war er? Wo waren sie? Ich versuchte, den Hintergrund zu entziffern. *Ah, okay, okay, verstehe*, dachte ich mir, *in Janas Gegend waren sie also*. Den Park kannte ich, er lag auf meinem Schulweg.

Vor 53 Sekunden gepostet. Wie peinlich, ich wirkte nun wie ein Stalker.

Okay, das reichte, zurück zur App, weiter scrollen.

Aww, süße Welpen Videos. Sofort an meine Mutter weiterleiten, immerhin stand mein Geburtstag kurz vor der Tür und die Hoffnung starb zuletzt.

Weiter.

Weiter, weiter, weiter…

***

Ich schaute auf die Uhr und es war 21:56 Uhr.

Ups, schon drei Stunden vergangen? Morgen war der erste Schultag in diesem Jahr und ich musste um 06:30 Uhr aufstehen. Zur Krönung stand auch noch ein Vokabeltest in Englisch an. Na, willkommen im neuen Jahr.

Ob ich gelernt hatte? Nö. Ich vertraute voll und ganz auf meine YouTube-Skills und mein TikTok-Vorwissen. Immerhin folgte ich voll vielen Influencern aus den Vereinigen Staaten.

Meine Englisch Lehrerin sagte, dass das helfen könnte. Ach, was soll ich euch sagen…ich liebte das Internet, es war mein bester Freund und half mir sogar bei meiner Weiterbildung. Ich fühlte mich verstanden und geborgen. Wer brauchte schon Mia?

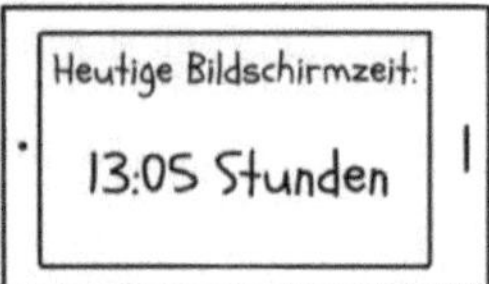

2 Verbringe einen Nachmittag mit mir

Also Leute, der Vokabeltest war ein Reinfall. Eine knallharte 6+. Oder es in den Worten meiner Mutter zu sagen: „Was zur Hölle ist los mit dir?"

Ich saß am Küchentisch und beichtete ihr meine Note. Peinlich berührt fragte ich um die Unterschrift.

„Jetzt ist schon diese toxische Freundschaft zu Mia beendet und trotzdem verbringst du deine Freizeit mit purem Blödsinn! Irgendeinem Quatsch! Weißt du, *mir* kann es am Ende egal sein, Alessa. Ich sag jetzt auch nichts mehr dazu."

Alessa sagte sie nur, wenn sie richtig wütend war und selbstverständlich würde sie noch so einiges dazu sagen.

Ich ließ den Test auf dem runden Holztisch liegen und ging in mein Zimmer, in der Hoffnung, dass sie diesen noch heute Abend unterschreiben würde.

Ich setzte mich aufs Bett, schaute aus dem Fenster und spürte, dass mich eine Traurigkeit überkam. Ich hasste es, mit meiner Familie zu streiten und das Gefühl zu bekommen, eine Enttäuschung zu sein.

Die Tür schlug auf, selbstverständlich ohne ein Klopfen.

„Weißt du, dein Vater und ich bemühen uns dir eine perfekte Grundlage für deine Zukunft zu bieten."

Ich habe euch doch gesagt, dass sie nicht sprachlos war. Ich schaute sie an und ich sah dieses Funkeln in den Augen. Nein, es war nicht dieses romantische Funkeln in den Augen, die Männer in den romantischen Sonntagsfilmen in ihrer Traumfrau beschrieben, es war das Funkeln *meiner Mutter.*

„Weißt du eigentlich, wie dankbar du uns sein kannst?"

Sie redete weiter und ihre Stimme wurde hoch und herausfordernd. Ihre Augen wurden klein und angespannt.

„Dein einziger Job ist die Schule! Das ist deine Verantwortung, das, was von dir erwartet wird. Ich erwarte nicht, dass du die Beste bist, aber ich möchte sehen, dass du dein Bestes gibst, und das sehe ich nicht. Weißt du, *mir* kann es wirklich egal sein, ich habe meinen…"

…Job, ich bringe mein Geld nachhause, du dagegen…

„…schleppst mir hier eine 5 nach der anderen nachhause- sag mal, hast du gerade deine Augen verdreht?"

Vulkan Eruption in 3, 2, 1.

„Jetzt hör mir mal zu, mein Fräulein…" Ihre Stimme wurde tiefer, der berühmte Zeigefinger hob sich synchron mit den Augenbrauen, ich schaute aus dem Fenster und schaltete ab.

„…außerdem schaut es hier aus wie in einem Saustall…"

Ich schaute mir die Wolken an und nahm meine Mutter kaum noch wahr.

„…das funktioniert so nicht, ich werde heute Abend mit deinem Vater sprechen…" Das machte ich am liebsten, wenn mir alles zu viel wurde: raus aus der Realität und rein in meine Traumwelt. Ich wurde durch das Türknallen aus meiner Traumwelt gerissen, sie war weg. Oder in anderen Worten: Der Vulkan hatte eruptiert und es bestand keine akute Lebensgefahr mehr.

Ich musste mich kurz erholen von diesem Drama, legte mich hin, packte mein Handy aus der Vordertasche meines Rucksackes. Es war 13:54 Uhr und ich öffnete die App TikTok.

***

Die Uhr schlug 15:23 Uhr, und mein Handy zeigte mir an, dass ich nur noch zehn Prozent Akku hatte. Ich stand auf, schloss mein Handy ans Ladekabel und schaute mich um.

Mein Zimmer sah wirklich aus wie ein Saustall, da musste ich meiner Mutter leider recht geben. Mein Bett war in der hintersten rechten Ecke meines Zimmers, direkt am Fenster, denn ich liebte es am Abend in die Sterne zu schauen oder die Bäume zu beobachten. Ich hatte dann immer das Gefühl in einem kleinen gemütlichen Baumhaus zu kuscheln.

Die Fensterbank war, zugegeben, verstaubt und klebte schon fast ein wenig. Das Buch, meine Kerze und mein Lavendelöl, die auf der Fensterbank lagen, leider auch. Mir war bis zum jetzigen Zeitpunkt gar nicht bewusst gewesen, wie lange ich schon meine Leidenschaften auf der Strecke hatte liegen lassen. Ich hatte mich die letzten Tage zwar weiterhin bemüht das Bett zu machen, dennoch lagen noch ungewaschene Trainingsklamotten von den letzten Wochen und meine Trinkflasche am Bettende, die sicherlich schon nach Hundewasser stank. Ich hatte nun bestimmt schon die letzten vier Male das Training sausen lassen. Vielleicht sollte ich demnächst wieder gehen?

Direkt gegenüber vom Bett befand sich mein vollgestopftes und unordentliches Bücherregal. Selbst der Kaktus war im Regal unter- und eingegangen. Pflanzen waren nicht so meine Stärke, auch wenn ich sie gerne anschaute. Direkt neben dem Bücherregal war mein Schreibtisch. Ebenfalls relativ…mmh, ja, sagen wir ziemlich vollgeladen mit alten Zeitschriften, Schulordnern und Büchern.

Mein Schreibtischstuhl war…joa…ich würde schon sagen…das beste Beispiel für *den* berühmten Stuhl, auf dem sich weitere schmutzige, getragene Klamotten häufen. Aber lasst uns mal ehrlich sein – haben, oder hatten, wir nicht alle mal so einen Stuhl?

Über dem Tisch hing ein blau-schwarzes Poster meiner Lieblingsband „Orbit". Um das Poster herum waren noch Pinnwandnadeln in der Wand zu erkennen, die einst Bilder hielten. Die Raumecke neben meinem Schreibtisch war frei und das sollte sie auch bleiben. Ich brauchte immerhin eine *cleane* Wand, um schöne Instagrambilder mit einem weißen Hintergrund machen zu können. Die beste Wahl, glaubt mir, es sah auf diese Weise immer so richtig professionell aus.

Auf dem Boden lagen meine weißen Schlittschuhe. Ich hob sie auf und berührte sie sanft. Mit meinem Zeigefinger strich ich über die ganzen Kratzer und musterte sie ganz genau. Sie waren zwar schon gut abgenutzt, aber meine Trainerin Doria mit ihrem strammen Dutt auf dem Kopf und starken russischen Akzent, sagte immer: „Das ist eine Spiegelung deines Fleißes und Schweißes."

Seitdem ich denken konnte, war Eiskunstlauf für mich auch immer ein Ventil, wenn mir alles zu viel wurde. Schon mit fünf Jahren stand ich auf dem Eis, nachdem ich im Weihnachtszirkus das erste Mal Eiskunstläufer*innen gesehen und mich gleich in sie verliebt hatte. Diese Frau lebte noch viele Jahre in meinem Kopf weiter.

In den letzten Wochen fiel es mir allerdings so schwer mich zu motivieren und die Dinge zu tun, die mich eigentlich immer mit Freude erfüllt hatten. Es war alles so anstrengend.

Um genau zu sein, seit zwölf Tagen.

Um ganz genau zu sein, seitdem die Freundschaft zwischen Mia und mir in tausend Scherben zerbrochen war.

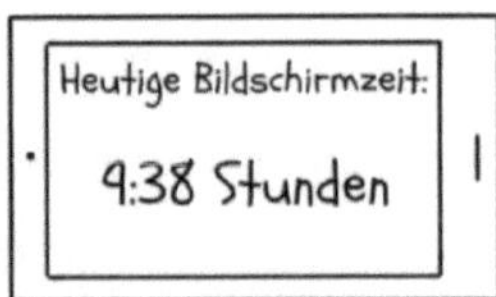

3 Zwischen Mia und mir

Ich saß in meinem mittlerweile aufgeräumten und entstaubten Zimmer. Ich hatte es sogar geschafft, meine Bettwäsche zu wechseln und das hatte was zu heißen!

Jetzt Mal ehrlich – wer mochte schon Bettwäsche wechseln? Und nein, ich meine nicht das Gefühl einer frischen Bettwäsche, ganz im Gegenteil, ich denke jeder liebt es, in einem frisch duftenden Bett zu liegen und sich einzukuscheln wie ein frisch geborenes Baby. Aber keiner konnte mir sagen, dass irgendjemand auf dieser Welt es gerne hatte, eine zwei Meter lange Decke irgendwie in ein Laken zu stopfen und zu hoffen, dass es ordentlich und gerade war. Und am besten noch nachts feststellen, dass sie es doch nicht war und den ultimativen Kampf mit der Bettdecke eingehen.

Aber hey, ich hatte es hinter mich gebracht und viele arrogante Blicke meiner Mutter deswegen einstecken müssen, ganz nach dem Motto „Na, haben meine Worte doch was gebracht." Nein, Mutter, hatten sie nicht. Ganz im Gegenteil, sie wühlten mich ziemlich auf.

„Jetzt ist schon diese toxische Freundschaft zu Mia beendet und trotzdem verbringst du deine Freizeit mit purem Blödsinn!", sagte sie.

„Jetzt ist schon diese toxische Freundschaft zu Mia beendet."

Ich ließ mir diesen Satz immer und immer wieder durch den Kopf gehen. Um ehrlich zu sein, ich wusste nicht welche Wortkombination mir mehr weh tat *„toxische Freundschaft"* oder *„Freundschaft beendet"*.

Ich hasste es zuzugeben, aber sie hatte leider wieder recht. Mit beidem. Das Ende unserer Freundschaft zerfraß mich von innen und ich fühlte mich so leer wie noch nie. Wir waren wie eine zerbrochene Schneekugel aus Glas. Alles, was blieb, waren die Reste von dem, was uns so heilig war und es gab nichts mehr zum Reparieren. Ihr könntet maximal die restlichen Teile begutachten und euch vorstellen, wie sie in ihrer Blütezeit ausgesehen hatte.

Und glaubt mir, wenn ich es sage: Wir waren die schönste Schneekugel, die ihr euch nur vorstellen könnt, mit viel Schnee und Zauber. Beim genauen Hinschauen glitzerte jede einzelne Schneeflocke.

Hätte ich uns in Farben beschreiben müssen, dann wären wir sämtliche Pastellfarben gewesen. Ein zartes Rosa, das für die Liebe, die wir füreinander empfanden, stand. Das sanfte Braun, das man erhält, wenn du in eine Tasse Kakao zu viel Milch schüttest, sowie das helle Gelb, das an den leckersten Vanillepudding erinnert. Sie standen für die Süße und die Wärme, die wir füreinander empfanden. Wir zwei lebten in dieser makellosen Blase, in der alles unverbesserlich schien. Perfekt harmonierend und trotzdem immer wieder neu. Das waren wir.

Ich gestatte mir heute einmal wieder gedanklich komplett einzutauchen in unsere Geschichte – für euch und auch für mich. Vom Gefühl her könnte ich das Ewigkeiten machen, bis ich einschlafe und die Gedanken zu Träumen werden.

Ich empfinde oft ein Wohlfühlen in meinen tiefen Gedanken. Ich weiß aber auch, dass es mir auf Dauer nicht guttut und ich dann einfach nicht mehr aufhören kann daran zu denken, als sei ich besessen davon. Besessen von ihr und von mir und vom Leid. Deswegen kommt sie hier ein für alle Mal: Die Geschichte von Mia und mir.

4 Es begann letzten Juni...

...als Mia von Dortmund nach Kiel gezogen war. Sie war ganz neu hier im Norden und man sah ihr ihren Schrecken im Gesicht an. Sie schien nicht viel mit der frischen Meeresluft anfangen zu können und vor allem nicht mit dem starken Wind. Ich dagegen lebte für diesen Ort.

Ich erinnere mich gut an unsere erste Begegnung: Es war Sonntagmittag und der große Kiosk an der Kreuzung hatte offen.

Im Auftrag meiner Mutter musste ich nochmal los, um Paniermehl für die Gemüseschnitzel zu kaufen. Was war ich genervt davon. Obwohl es bereits der 25. Juni war, war es ein kühler Tag. Sommerbeginn heißt nicht immer Sommerbeginn an der Ostsee. Ich zog meinen dunkelgrünen Kapuzenpullover an und betrat den Laden mit meinen Kopfhörern und dröhnender Musik im Ohr.

Ich musste wohl ziemlich hastig eingetreten sein, denn Mia erschreckte sich durch das plötzliche Türöffnen und drehte sich um. Ihre hüftlangen weiß blonden Haare wehten nach hinten, während sie sich umdrehte und mir direkt in die Augen schaute.

Ich blickte in die schönsten blauen Augen, die ich je in Wirklichkeit ohne Filter gesehen hatte. Und diese Haut erst…blass und eben wie feines Porzellan. Kennt ihr diese Art von Menschen, deren Schönheit einfach nicht zu begreifen ist? Ja, sie war einer dieser Menschen für mich. Ihre vollen Lippen formten sich erschrocken in eine O-Form und ich brachte sofort ein wackliges „Sorry" über die Lippen.

„Alles gut", sagte sie leise noch immer mit weit aufgerissenen Augen. Ich starrte sie an, wahrscheinlich nur für wenige Sekunden, die mir wie Minuten vorkamen, bis ich Helmut aus dem Lager kommen hörte.

Helmut war der Mann, den ihr euch unter dem Namen eben vorstellen würdet. Er trug ein blau kariertes Hemd, welches ihm um den Bauch herum knapp wurde, schon fast wie ein unbeabsichtigtes Croptop. Jeden Tag trug er ebenfalls seine Hosenträger, die wohl nicht viel zu helfen schienen, denn er zog sich seine Jeans jedes Mal ein Stückchen höher.

„Tut mir leid Kleines, diese Gesichtscreme habe ich nicht auf Lager, versuche es morgen nochmal in der Drogerie in der Altenbergerstraße", sagte er und kratzte sich verwundert am Kopf.

So eine Anfrage war in der Gegend eher untypisch, hier fragten Leute eher nach gemischten Naschtüten oder Feuerzeugen.

„Oh, alles klar, danke sehr, dann muss ich nochmal schauen, wie genau ich dort hinkomme", antwortete Mia verunsichert.

Hat sie denn kein Google Maps?, dachte ich mir.

„Ich kann sie dir zeigen, wenn du möchtest", platzte es aus mir heraus.

Und so war es dann auch. Ich brachte sie zur Altenbergstraße und erhielt die ersten Infos aus ihrem Leben. Der Umzug nach Kiel, ihre Familie, die neue

Schule (ich habe richtig getippt, es ist die Privatschule), die sie besuchte und so weiter.

Es war erst ihr erstes Wochenende in Kiel und sie wollte die Nachbarschaft erkunden, als sie den Kiosk entdeckte und ihre Tagescreme nachkaufen wollte, die sie in den ganzen Umzugskartons nicht mehr finden konnte. Wir kamen schneller am Ziel an als mir lieb war, sodass ich es schon schade fand, nicht mehr Zeit mit ihr verbringen zu können.

„Wenn du magst, können wir Nummern austauschen."

Sie holte bereits ihr Handy aus der Jackentasche und war schon bereit zum Tippen.

An ihrer Handyhülle hing ein schöner bunter Perlenanhänger mit dem Buchstaben „M". Es erinnerte mich an die Ketten, die Hailey aus meiner Klasse selbst bastelte und in der Schule verkaufte. Mein Klassenkamerad, Jakub, hatte auch so eine.

„Klar! Sehr gerne." Ich freute mich, dass dieser Vorschlag von ihr kam. Wir tauschten unsere Kontaktdaten aus und verabschiedeten uns.

Jetzt aber schnell zurück zum Kiosk, das Paniermehl besorgen, dachte ich mir. Zurück zu dem Ort, an dem ich sie das erste Mal sah. Ich war meiner Mutter noch nie so dankbar, das Paniermehl vergessen zu haben.

Noch am selben Abend blinkte mein Handy auf mit der Nachricht:

        Hey, Mia hier. Danke für vorhin.
         Hättest du nächste Woche Zeit
        und Lust dich mit mir zu treffen?

Ich fiel fast vom Bett, als ich die Nachricht sah. Ich muss ehrlich gestehen, ich dachte sie fragte nur aus Höflichkeit nach meiner Nummer. Tausend Mal ja! In jeder Sprache. Am liebsten hätte ich sofort losgetippt, aber das konnte ich nicht machen, sonst hätte es so gewirkt, als ob ich nur den ganzen Abend darauf gewartet hätte (was ich insgeheim natürlich getan habe). Ich würde sagen, ich wartete so…30 Minuten? 40? So etwas um den Dreh wird es gewesen sein, während ich merkte, dass meine Hände vor Aufregung eiskalt wurden und mein Herz schneller schlug.

Es war 19:53 Uhr und die 40 Minuten waren endlich vergangen. Ich tippte, was das Zeug hielt:

```
Hi <3! Ja, omg, lass uns treffen ☺!!
```

und drückte auf send- nein, so konnte ich das nicht absenden. Ich löschte alles. *Ganz ruhig, Alessa, einatmen und Ruhe bewahren*, sagte ich zu mir selbst. Ich musterte ihre Nachricht genau. Sie hatte keine Smilies verwendet, in ihrer Nachricht wirkte sie sehr lässig, cool und unberührt. Dieselbe *energy* wollte ich zurückgeben.

```
Yo, hey. Alles easy. Klar, lass uns gerne treffen!
```

tippte ich und schickte ab. In derselben Sekunde bereute ich es. „*Yo, hey. Alles easy*"?! Was hatte ich mir nur dabei gedacht? Ich beschloss die Nachricht zurückzuziehen, als sich die zwei grauen Häkchen blau färbten. Mist, Mia hatte die Nachricht schon gelesen. *Sie würde sicherlich gleich antworten*, dachte ich mir, und dann- oh. Sie war wieder offline. Ohne jegliche Reaktion. Na super, ich hatte es also wirklich geschafft, sie innerhalb von zwei Sekunden mit neun Wörtern zu vergraulen. Also liebe Leute, das war die Geschichte von Mia und mir, die niemals begann.

Als ob… sie ging erst jetzt richtig los. Mia antwortete, wir hatten uns in der kommenden Woche das erste Mal getroffen und verbrachten dann fast die ganzen kommenden Monate unzertrennlich miteinander.

Der Sommer stand gerade vor der Tür und wir etablierten unseren Alltag zusammen. Auch wenn wir nicht dieselbe Schule besuchten, hatten wir es geschafft, unsere Pflichten aufeinander abzustimmen. Wir lernten am Strand gemeinsam Vokabeln, sie half mir im Haushalt, brachte mich zum Training und holte mich wieder ab. Wir besuchten das Kino und wurden aufgrund unseres lauten Lachens wieder rausgeschmissen. Wir kochten sehr viel und scheiterten regelmäßig an den Sushirolls. Gemeinsam machten wir nach der Schule die Hausaufgaben und wunderbare Bilder zusammen. Manche vor meiner weißen Instagram-Wand im Zimmer, andere im Park oder auch am Strand. Ich zeigte ihr Kiel und wir besuchten das Wasseraquarium. Ich muss zugeben: Es war der schönste Sommer meines Lebens. Nicht nur wegen Mia als Person.

Das erste Mal in meinem Leben fühlte ich mich nicht fremd. Ich hatte jahrelang das Gefühl das schwarze Schaf zu sein, ob in der Familie, der Gesellschaft oder in der Schule. Ich fühlte mich immer anders. Die Alessa, die unfähig war richtige Freundschaften zu führen, geschweige denn Beziehungen. Die, die sich mit anderen Menschen immer unwohl fühlte und im Endeffekt dachte, dass alle sie hassen würden. Die, die zu viel fühlte und mit ihren Emotionen nicht klarkam und somit einfach die Alessa, die nicht ganz wusste, was sie wert war und wo sie hingehörte. Das war ich. Bin ich. Mit Mia war ich all das aber nicht. Ab einem gewissen Punkt hatte ich im

Leben aufgehört, daran zu glauben, dass mich je eine Person verstehen würde oder mir gar ähnlich sein würde. Auf einmal war sie da und alles wurde anders. So hell. Ich konnte mich verändern, so wie ich wollte und lernte mich zu lieben, da ich ihr so ähnlich wurde und ich sie, wie man unschwer erkennen kann, schon fast vergötterte.

Ich war der festen Überzeugung, dass unsere Verbindung, die erste Begegnung am Kiosk, kein Zufall war. Ich wollte daran glauben, dass es Schicksal war und wir das Leben von nun an gemeinsam verbringen würden und nicht nur den einen Sommer.

Nun ja, so ganz bestätigte sich meine Angst erstmal nicht, denn wir verbrachten auch den Herbst und den Winter zusammen. Wir sammelten Muscheln am Strand und klebten sie auf Kürbisse, schnitzen diese besonders hässlich und sagten liebevoll zueinander „Das bist du!".

Gott, was habe ich mit ihr gelacht.

Wir bastelten uns sogar gegenseitig Adventskalender, sodass wir gleich beim Aufwachen ein kleines Geschenk voneinander hatten. Jeden Dezembermorgen riss ich meine Augen auf und griff zum nächsten Päckchen auf der Fensterbank. Der zweite Griff war dann zum Handy, um ihr mitzuteilen, wie wahnsinnig toll das Geschenk war, unabhängig davon, was es war. Mit Mia war einfach jeder Tag besonders. Der besonderste Tag war jedoch der 17. Juli.

Die Eishalle hatte im Juli für Besucher schon längst zu. Dadurch, dass die Eiskunstläufer, also ich, und die Eishockey-Spieler ihren Trainingseinheiten nachkommen mussten, wurde die Halle nach wie vor für uns gekühlt und nach Bedarf geöffnet. Da Mias Lieblingsjahreszeit der Winter war, war das für mich die perfekte Gelegenheit ihr bei einer Außentemperatur von über 30 Grad, dennoch ihr Winterwunderland bieten zu können. Ich wollte Mia auch unbedingt meine neue Kür live zeigen, sodass ich meine Trainerin Doria anbettelte, ausnahmsweise den Schlüssel zur Halle zu erhalten. Sie zögerte etwas und vertraute mir diesen nach langem Hadern für genau 90 Minuten an.

Ich durfte keine Zeit verlieren, somit hatte ich mein Handy sofort mit der Musikbox verbunden und meine Schlittschuhe angezogen, während Mia die Halle mit großen Augen bestaunte. Auf das *Warm Up* verzichtete ich ausnahmsweise, mein Adrenalin durch die Aufregung würde mich schon während der Kür auffangen. Aus der Musikbox dröhnte nun unser Lieblingslied *In the Wind* von *Lord Huron*, während ich ihr meine neuen Sprung-Elemente auf dem Eis zeigte. Selbstverständlich war ich bemüht wie noch nie, was mir ebenfalls gut geling.

Ich rief sie auf das Eis, sie solle sich nicht so anstellen und ich müsse ihr was zeigen. Mia war sehr unerfahren und watschelte rum wie ein Pinguin, das fand ich sehr putzig und auch lustig. Ich nahm sie an die Hand und zog sie zu mir, leider etwas zu arg. Oder soll ich sagen zum Glück?

Wir verloren das Gleichgewicht und stürzten aufs Eis. Wir sahen uns an, als wir gerade nebeneinander lagen, und brachen in Gelächter aus. Mia zuckte ihr Handy und sagte: „Oh Ally, das müssen wir posten! Mitten im Sommer in der Eishalle", denn auf Instagram hielten wir fast alle unsere Erinnerungen fest. Sie hielt ihr Handy nach oben, um uns liegend auf dem Eis zu fotografieren, als ihr Handy plötzlich aus der Hand rutschte und auf unsere Gesichter fiel. Ich glaube wir alle wissen, wie schmerzhaft das sein konnte, oder? Passierte mir schon tausend Mal im Bett! Trotzdem stockte uns der Atem – erst vor Schock und dann vor Lachen.

Da lagen wir also: In der beleuchteten Eishalle, donnerstagabends, nebeneinander auf dem Eis, schnellatmend. Dadurch, dass es so kalt war, konnten wir unseren Atem sehen und beobachteten die kleinen Atemwölkchen aus unseren Mündern.

„Ally?", sagte sie nach einer Weile, während ich meinen Kopf zu ihr neigte, sodass wir uns direkt in die Augen schauten. Und lasst mich sagen – ich war abgelenkt. Sehr abgelenkt von ihrem Blick. Am liebsten hätte ich irgendwas darauf geantwortet, aber mir war, als würde mir jemand die Kehle zuschnüren.

Option zwei war dann schnell den Blickkontakt abzubrechen, was ich normalerweise sofort, ohne auch nur einen Gedanken daran zu verschwenden, getan hätte.

Denn ich muss mal hier ehrlich gestehen – ich hasste Blickkontakt! Ich meine, worin schauten wir? In irgendein Körperteil oder in die Seele? Ich verstand es nicht und es verunsicherte mich jedes Mal aufs Neue. Ich würde sogar sagen, es machte mir Angst.

Mit Mia war es jedoch…es war okay. Also im Endeffekt mehr als okay, denn was meine Augen bemustern durften, war einfach nicht von dieser Welt. Trotzdem wäre es mir lieber gewesen, wenn das Ganze in kompletter Dunkelheit stattgefunden hätte, wenn das Sinn machte.

Zurück zum Kern der Story! Wir lagen auf dem Eis und schauten uns an. Es hätten Sekunden sein können, zeitgleich aber auch Minuten oder Stunden. Ich hatte absolut kein Zeitgefühl mehr.

Was denkt sie gerade?, ging mir durch den Kopf, als ich ihre sanften Fingerspitzen kurz an meiner Wange spürte, als ob sie sicherstellen würden, dass ich wirklich da und keine Illusion war. Ich ließ es zu. Alle Berührungen, auf die ich seit Wochen gewartet hatte, lies ich wohlwollend zu. Es fühlte sich so an, als sei der Höhepunkt meiner Gefühle erreicht. Mein ganzer Körper war elektrisiert. Ich war komplett fertig mit den Nerven! Also im positiven Sinne, versteht sich.

Ihre Hand bewegte sich zu meiner und unsere Finger hakten sanft ineinander ein. Auch wenn wir objektiv betrachtet nur Händchen gehalten haben wie Fünftklässler, dachte ich, dass das der intimste Moment war, den ich bisher mit jemanden geteilt hatte.

Wohin führt das? Will sie mich küssen? Warte – soll ICH sie etwa küssen?, dachte ich mir.

„Bist du bescheuert, hau ab, man!", könnte sie schreien und zurückschrecken, wenn ich ihr einen Schritt voraus wäre und dann wäre alles kaputt.

Ich wägte ab, während sie mich immer noch mit ihren Blicken löcherte. Oh mein Gott, es verunsicherte mich! Wollte sie? Wollte sie nicht? Was gab es überhaupt so viel zu sehen in meinem 0815 Gesicht? Waren solche Situationen nur für mich *cringe*? Mein Gedankenkarussell musste sich auch optisch geäußert haben, denn Mia nahm mir jegliche Unsicherheit, indem sie leise flüsterte: „Lass uns weniger nachdenken und das tun, was wir für richtig halten" und lächelte verlegen.

Nun gut, das konnte man ja gar nicht falsch verstehen, oder? Also legte ich meine Hand um ihren Nacken, in dem Moment zog sie mich sanft zu sich, wir schlossen (endlich) unsere Augen und unsere Lippen berührten sich. Die Lippen des schönsten Mädchens der Welt. Erst kalt wie Eis, dann warm wie die Sonne, gefolgt von einer Süße wie Honig und Weichheit wie Seide. Auch wenn mein erster Kuss nicht an Mia, sondern an Michal aus der Parallelklasse ging, bin ich bis zum heutigen Tage komplett aus dem Häuschen.

Denn ich sage es euch, Leute: Mein Herz schien zu explodieren! Ich empfand eine Hitze in meiner Brust wie noch nie zuvor. Gänsehaut am ganzen Körper, die nicht der Kälte in der Eishalle geschuldet war. In dem Moment stand meine Welt still und ich dachte, ich hörte ihr Blut rauschen. Wir tanzten, lachten, küssten und umarmten uns. Am schönsten Abend meines Lebens.

6 Und plötzlich wurde alles dunkel

Monate vergingen, das Jahr neigte sich dem Ende zu und ein Neues stand bevor. Ich war zweifellos das glücklichste Mädchen der ganzen Welt. Dass so jemand Perfektes wie Mia mich anziehend fand, war für mich unbegreiflich. Solche und weitere vollkommene Treffen spielten sich immer und immer wieder als Film in meinem Kopf ab. Ständig sah ich unsere Gesichter, umschlungen, am Lachen, am Küssen, ob beim Schlafen oder bei den Hausaufgaben.

Gedanklich war ich schon sechs Schritte weiter: Ich sah schon unser Outing auf TikTok und Instagram und stellte mir vor, wie es sein würde mit 18 Jahren mit ihr zusammenzuziehen. Mia meinte sowieso, dass sie nicht zurück nach Dortmund wollte. Gemeinsam träumten wir von Frankfurt oder „Klein New York", wie die meisten sagen. Diese Träumerei gestattete ich mir damals jederzeit, denn Mia war doch nicht mehr nur meine *beste*, sondern auch *feste* Freundin, oder?

Ja, diese Freude hielt genau 26 Wochen an.

Die Weihnachtstage verbrachten wir getrennt voneinander, jeweils mit unseren Familien und ich muss zugeben, in dieser Zeit bekam ich leider nur kaum was von Mia zu hören und ein neues Treffen hatten wir auch noch nicht in Sicht. Ich checkte mehrmals, ob mein Internet funktionierte, mein Handy im Flugmodus war und schickte mehrmals Testnachrichten vom Handy meiner Mutter an mich selbst. Unglücklicherweise kam auch jede dieser Nachrichten in Windeseile an. Ich versuchte, mich nicht verrückt zu machen und schwelgte stattdessen die ganzen Feiertage über in Erinnerungen. Selbst meinen Eltern fiel meine außerordentlich gute Laune auf, die selbstverständlich dem saftigen Maronen-Hackbraten meiner Mutter zu verdanken war.

Am 28. Dezember beschloss ich Mia nach einem Treffen zu fragen, immerhin war sie auch meine feste Freundin. So war das doch nach einem Kuss, oder? Ich ließ mich von ihrem distanzierten Verhalten nicht großartig verunsichern und fokussierte mich auf unser Treffen. Immerhin hatte *sie* den Kuss eingefordert und bekam an unseren Treffen nicht genug von mir. Außerdem hatten wir uns schon immer wortlos verstanden und ich war der festen Überzeugung, dass wir auf derselben Wellenlänge waren. Also alles cool, *all good*.

Nichtsdestotrotz wollte ich ihr dieses Mal besonders gut gefallen! Es war das erste Treffen nach mehreren Tagen, das hieß also: Ich musste abliefern! Ich schminkte mich dezent, denn es sollte, wie immer, nicht zu aufgebrezelt, aber dennoch nach etwas aussehen. Ich zog extra meine (ihre) Lieblingsklamotten aus dem Schrank. Ich erinnerte mich an jede „Ich liebe dein Outfit!"-Situation und führte sie mir bei meiner Klamottenwahl vor Augen. Somit wurden ihre Lieblingsklamotten aus meinem Schrank zu meinen Lieblingsklamotten. Jedes Detail musste einfach stimmen!

Ich entschied mich für meine blaue Highwaist-Jeans und meinen schwarzen Hoodie, passend zu meinen glänzenden Springerstiefeln und meiner schwarzen Bomber-Jacke. Meine Haare trug ich offen und geglättet, sodass man die silbernen Kreolen an meinen Ohren nur erahnen konnte. Ich griff zum Parfum, das ich am Abend des ersten Kusses getragen hatte, um auch sie wieder in die Stimmung des besagten Tages zurückzuversetzen. Ich hatte gelesen, dass das alles wirksame psychologische Tricks waren! Nicht, dass ich sie benötigt hatte, ich sag ja nur. Ganz lässig stand ich kaugummikauend vor meinem Spiegel und dachte mir: „*Yes. Ganz nach Mias Geschmack.*"

Wir trafen uns im Park und schon als ich sie vom Weiten sah, sprang mir mein Herz fast aus der Brust! Da war sie. In ihrer Gestalt. Alles, was ich wollte.

Sie trug ihre Haare in einem hochgeschlossenen Pferdeschwanz. Da ihre Haare so lang waren, reichte ihr der Zopf bis zum Ellenbogen. Sie trug eine braune Felljacke, die ihr bis zur Hüfte ging. Passend zu ihrer schwarzen Jeans und den schwarzen Boots hing ein schwarzer Kaschmir Schal locker um ihren zarten Hals, den wir gemeinsam Ende November gekauft hatten. Die kleinen goldenen Ohrstecker rundeten das Bild perfekt ab. Ihre himmelblauen Augen betonte sie nur mit etwas Mascara und ihre Augenbrauen waren perfekt in Form gebracht. Die zarten Augenringe fielen kaum auf und wurden von Mias Magnifizenz überschattet. Auf den Lippen trug sie ein rosa Lipgloss. Die Lippen, die ich die letzten Male so köstlich genießen durfte.

Am liebsten wollte ich auf sie zu rennen und sie mit tausend Küssen und Umarmungen überfallen, da ich sie so vermisst hatte, aber *easy*, ich wollte immerhin cool wirken. Als wäre es das Normalste der Welt. Ich traf mich im Park mit meiner bezaubernden Freundin, die locker ein Instagram-Model sein könnte, mit ihrer perfekten weißblonden Mähne und der Porzellan Haut, die normale Menschen nur mit dem Paris-Filter haben können.

Ich meine… im Endeffekt *war* es das Normalste der Welt, das war nun meine neue Realität und mein neues Normal.

Mia und Alessa.

Klingt super, passt perfekt zusammen.

Uns trennten nur noch wenige Meter.

Alessa und Mia.

Mein Schritttempo beschleunigte sich.

Gleich ist es endlich so weit!

A + M.

Ich strahlte sie an, spitzte meine Lippen, schloss meine Augen, um mir einen sensationellen Begrüßungskuss abzuholen und- und spürte eine Welle der Enttäuschung, als ich bemerkte, dass wir uns zur Begrüßung nur umarmten.

„Hey", sagte sie kleinlaut.

Gab es wieder Stress mit Maxim, ihrem Bruder?

„Hi, alles gut?", sagte ich besorgt und hielt ihre Hände.

„Ja…gut, dass wir uns treffen."

Oh *yes*, Baby!

„Weißt du, in letzter Zeit war das alles hier ziemlich viel für mich", fuhr sie fort.

Die letzten Monate gingen an Mia nicht spurlos vorbei, das wusste ich. Der große Umzug, der Verlust vieler Freunde, eine eventuelle Scheidung ihrer Eltern, der Leistungsdruck und das alles um die Weihnachtsfeiertage herum. Ihre Familie hatte einfach andere Anforderungen an sie, während meine Eltern mich zum Glück größtenteils einfach machen ließen. Ich versuchte die Stimmung zu lockern und wollte unsere erste Begegnung nach zwei Wochen nicht gleich so *deep* starten und hoffte, dass ich sie zum Schmunzeln bringen könnte.

„Das eisige Wetter? Oh mein Gott, ja! Ich kann den Frühling auch kaum abwarten, sowie unsere Stranddates. Wobei, warte! Du liebst doch den Winter!" Gedanklich war ich schon längst bei unseren zukünftigen Sommerdates, bis ich merkte, dass Mia mich nur ernst anschaute. Wobei, es war eher weniger ein ernster Blick, sondern eher der „Es tut mir leid"-Blick, den Tierärzte einstudierten, wenn sie Angehörigen mitteilten, dass der Hamster die Herz-OP nicht überstanden hatte.

„Mia, was ist los?", konterte ich sofort, um den *Vibe* abzuchecken. Meine Stimme wurde schlagartig leiser, in der geringen Hoffnung, dass sie die Frage überhörte und wir dort weiter machen konnten, wo wir vor zwei Wochen aufgehört hatten. Für einen Moment wünschte ich, ich hätte sie nie gefragt, denn das war für Mia natürlich die Steilvorlage schlechthin zu sagen:

„Ehm, ja, also…wir müssen reden, Alessa. Lass uns auf die Bank setzen."

Alessa.

Ich ließ ihre bleichen und durchgekühlten Hände sanfte los und wünschte ich hätte sie für immer in meinen zum Wärmen gelassen.

Wir saßen nebeneinander auf der Bank und sie atmete mehrmals tief ein. Jedes Mal, wenn sie ausatmete, beobachtete ich die Atemwölkchen, die aus ihrem Mund kamen und stellte mir vor, wie warm sie sein müssten im Vergleich zu dieser Eiseskälte. Wie am besagten Abend in der Eissporthalle.

„Was ist?", fragte ich noch leiser, in der Hoffnung sie würde gleich als Antwort euphorisch „PRANK!" in mein Gesicht schreien. *Spoiler alert*, welches sie definitiv nicht tat.

„Okay, Alessa, hör zu: Irgendwie ging das alles so schnell mit uns. Ich-", Sie schwieg wieder.

„Was genau willst du mir damit sagen?", fragte ich nach einer Pause.

„Ich weiß nicht ganz recht, ich- Alessa, du, ich habe das Gefühl, dass du zu viel willst, irgendwie."

Zu viel?

„Du gibst *zu sehr* Hundertprozent in dem Ganzen und ich kann das einfach nicht. Du bist mir extrem wichtig und ja, ich habe Gefühle, aber ich möchte gerade keine Beziehung und das…ja, das fühlt sich aber an wie eine."

„Okay, stopp. Wie gibt man *zu sehr* Hundertprozent? Ich verstehe das nicht. Entweder man will eine Person oder nicht. Wir haben doch beide Gefühle füreinander! Das hast du gerade selbst nochmal bestätigt!"

„Alessa, bitte, ich-"

„Nein, DU wolltest das alles doch. DU hast nach meiner Nummer gefragt! DU hast das erste Treffen initiiert, DU wolltest alle weiteren Treffen, DU hast den ersten Kuss eingefordert. Ich bin einfach auf deinen Zug gesprungen, der mir mehr als recht war, weil DU sogar mehr als Hundertprozent gegeben hast! Die ganzen Küsse, unsere gemeinsamen Träume, ist das alles nichts mehr wert? Und jetzt bin ICH diejenige, die *zu viel* gibt?"

Ich zitterte am ganzen Leib. Ich spürte, wie die Tränen in meine Augen schossen. *Bitte nicht, bitte nicht auch noch weinen*, dachte ich mir.

„Ally, ich habe alles so gemeint, okay? Ich habe jede Sekunde so gemeint. Alles, was ich gesagt habe, alles, was ich getan habe, habe ich in dem Moment so gemeint."

„In dem Moment?" Ich merkte, wie meine Stimme lauter und schriller wurde.

„Ja, in dem Moment!"

„Und was ist mit jetzt, genau jetzt in dem Augenblick?", fragte ich hoffnungsvoll.

„Meine Gefühle haben sich einfach verändert. Keine Ahnung, wieso. Es tut mir wirklich leid, ich verstehe es doch selbst nicht so richtig."

Stille.

Einige Minuten Stille.

„Und um ehrlich zu sein, bin ich davon ausgegangen, dass du diese Veränderung auch gemerkt hast."

Das konnte alles nicht wahr sein.

„Natürlich habe ich das gemerkt!"

Ich schrie schon fast.

„Wieso reagierst du dann so geschockt?"

Wer zur Hölle war dieser freche Mensch?

„Weil ich vertraut habe! Ich habe dir vertraut! Ich habe darauf vertraut, dass du dich meldest, wenn wirklich was ist, ich wollte dir Freiraum geben! Wieso konntest du nicht einfach sagen, was Sache ist? Dass du reden willst! Wir hätten gemeinsam eine Entscheidung treffen können! Gemeinsam!"

„Weil ich einfach nicht wusste, was ich wollte oder nicht!"

„Oh, okay, und anscheinend bin ich jetzt das, was du nicht willst?"

Wieder Stille.

Noch mehr Stille.

Wow.

Meine Knie wurden weich.

Mia ergriff wieder das Wort, doch zu diesem Zeitpunkt starrte ich nur noch die gefrorene Trauerweide am Fluss an und blendete alles andere aus.

Menschen, die vorbeigingen.

Enten, die von älteren Pärchen gefüttert wurden.

Mia, die plötzlich einen Monolog führte.

Wie konnte ein Mensch behaupten, so begeistert von dir zu sein und im selben Atemzug unsere Beziehung beenden? In diesem Moment zersplitterte unsere imaginäre Schneekugel in tausend scharfen Scherben, die beim Berühren einfach nur wehtaten.

Irgendwann unterbrach ich sie schon fast maschinell und blieb starr, wie in den letzten Minuten auch.

„Waren wir in deinen Augen jemals zusammen?"

„Ganz ehrlich, nein" antwortete sie mir, ohne auch nur eine Sekunde darüber nachzudenken. Mia wirkte wie gelöst, sie sprach ohne Punkt und Komma, als hätte sie endlich ihr Ventil geöffnet, das unter Druck nur darauf gewartet hatte.

Sie war sichtbar erleichtert, dass sie mich aus ihrem Leben kickte.

Ich wollte mich übergeben.

Mia sprach immer weiter, irgendwas von „einer unvergesslichen Zeit" und „dankbar, dass…" während ich ihr kaum noch zuhören konnte. Nicht aus Desinteresse, sondern aus Schmerz. Ich wollte einfach wieder in eine andere Welt abdriften, wie ich es in Streitsituationen mit meiner Mutter tat, doch ihre Worte, ihre Stimme nagelten mich in der Realität fest.

Halt einfach deine Schnauze!, wollte ich am liebsten schreien, mich auf sie stürzen, ihren Mund zu halten, sie schütteln und sie aus dem Gedankengulasch befreien.

Weiß sie denn nicht, was sie gerade tut? Sie beendet uns!, schrie eine Stimme in meinem Kopf.

Sag es! Sag es! SAG ES!, kreischte diese Stimme.

Stattdessen tat und sagte ich original nichts.

TU ES!

Ich konnte offiziell nicht mehr.

Ich denke, wir saßen mehrere Stunden auf der Parkbank. Einerseits sollte dieses schreckliche, erschütternde Treffen einfach nur enden, aber zeitgleich wollte ich alles tun, um sie zum Bleiben zu bringen. Mehr Fragen stellen, das Gespräch aufrechterhalten, aber ich konnte einfach nicht. Deswegen beschloss ich zu schweigen.

„Soll ich dich so langsam Mal allein lassen?", fragte sie nach einer langen Gesprächspause vorsichtig und kleinlaut. War klar, dass dieser Moment kommen würde und wir sicherlich nicht bis zum Nachtfrost hier sitzen würden, auch wenn ich es mir gewünscht hätte.

Nein!, kreischte die panische Stimme in meinem Kopf weiter.

Ich nickte langsam, ohne sie anzuschauen, denn das wäre nun wirklich zu viel des Guten gewesen. Schon peinlich genug, dass eine Träne nach der anderen meine Wangen runterkullerte, als sei das ein Geschwindigkeitswettbewerb.

„Okay", sagte sie, stand auf und starrte mich erwartungsvoll an.

Geh nicht! Bleib!, schrie ich wieder innerlich.

„Kay", sagte ich leise, während ich das „o" aus dem „okay" verschluckte, so leise und zitterig war ich. Sie drehte sich um und lief fort. Weg von mir. Das Maximale, was ich über das Herz bringen konnte, war, ihr hinterher zu schauen. In ihr Gesicht hätte ich nach diesem Gespräch nicht mehr schauen können.

Ich verlieb auf der Parkbank für mehrere Minuten und vielleicht sogar auch Stunden bis zur Dämmerung.

„Hey, da bist du ja", sage ich lachend, während ich ihr um den Hals falle.

Dieselbe Stelle, fünf Monate zuvor. Es ist Anfang Juli, ich glaube es ist unser viertes Treffen.

Obwohl die Sonne schon lange nicht mehr oben am Himmel steht, ist es warm. Der Sonnenuntergang färbt die ganze Stadt in rosa- und orangefarbenen Tönen. Um uns herum spielen Kinder, Familien packen ihre Picknickkörbe ein, Jugendliche und Heranwachsende laufen Richtung Stadt zum jährlichen Sommerrummel. Menschen gehen mit ihren Hunden Gassi, da der Asphalt endlich nicht mehr zu heiß ist, um ihnen die Pfötchen zu verbrennen. Schwäne springen ins Wasser und die Vögel sitzen singend in der grünen Trauerweide am Fluss.

„Sorry, ich wusste absolut nicht, was ich anziehen soll!"

„Mia, du siehst immer bezaubernd aus!" Und das tut sie auch. Sie trägt ein langärmliges Denim Jeans Kleid, das etwas zu eng sitzt, mit weißen Turnschuhen und offenen Haaren. Ob sie nicht eingehen würde in dieser Hitze mit dem langen dicken Stoff, frage ich mich heimlich, aber nicht laut, um sie nicht zu verunsichern. Gute Entscheidung, es nicht laut auszusprechen, denn später erfahre ich, dass sie das Kleid extra nur für mich in der Stadt gekauft hat. Es ist ja auch perfekt.

Wir spazieren über den Rummel und strahlen über beide Gesichter. In der Luft liegt der süßliche Geruch von gebrannten Mandeln, garnierten Erdbeeren und blau gefärbter Zuckerwatte. Die Lichterketten an jedem Verkaufsstand machen die Dämmerung perfekt. Die Musik von den Fahrgeschäften, die dröhnenden Stimmen der Rekommandeure am Mikrophon, das Betätigen der Smoothie-Maschinen, das zarte Klopfen von heißen Popkörnern am Schutzglas, gemeinsam ergeben sie die perfekte Geräuschkulisse für uns und unseren Moment.

Der Abend vergeht wie im Flug und die Krönung des Ganzen ist, unser Aufenthalt auf dem Riesenrad. In den Momenten, in denen Mia und ich uns anschauen, scheint die Welt still zu stehen. Jedes. Einzelne. Mal. Wie sehr würde ich mir wünschen, dass sie mich küsst. Mir fehlt jeglicher Mut es hier zu tun. Oder überhaupt.

„Lass uns ein Bild machen!", schlägt sie vor, während sie schon die Handykamera öffnet und die Linse vor unser Gesicht hält.

Ja. Ja, ich will auch jeden Moment festhalten, ich kriege nicht genug davon und liebe es mir abends im Bett unsere Bilder anzuschauen, was ich stundenlang machen könnte.

`Bist du gut nachhause gekommen? :)`

Mein Handy leuchtet auf, kurz bevor ich es unter mein Kissen legen möchte. Ich liebe ihre Fürsorge. Ich beantworte die Nachricht und schlafe lächelnd ein. Ich bin Hals über Kopf verliebt.

Wie anders das Leben innerhalb von fünf Monaten werden kann.

Wie anders das Leben innerhalb weniger Sekunden werden kann.

Das war also der erste Tag, an dem ich keine „Bist du gut nachhause gekommen? :)"-Nachricht von ihr erhielt. Bei diesem Gedanken wurde mir übel und ich spürte mich selbst kaum noch. Ich saß und starrte in die Dunkelheit. Und seitdem sie einbrach, wurde es einfach nicht mehr hell.

7 Seitdem sie weg war

Kennt ihr das? Wenn ihr am Abend zuvor eine schreckliche Nachricht erhalten habt, die alles verändert und erschüttert? Ihr nachts kurz wach werdet, daran denkt und einfach nur weiterschlafen wollt, in der Hoffnung, dass es im Schlaf weniger weh tut? Ihr dann am Morgen wach werdet und diese wirklich unbegreifliche Leere, Fassungslosigkeit und Stille in euch spürt? Ja, so fühlte ich mich am Morgen nach unserem Gespräch.

Wie ferngesteuert wollte ich zum Handy greifen, um ihr zu schreiben, doch ab jetzt war alles anders. Ich würde nicht mehr zu Mias Nachrichten aufwachen und vice versa. Nicht an dem Tag, nicht am Tag danach und mit Sicherheit auch nicht an dem Tag darauf. Die einzige Möglichkeit ihr nahe zu sein, befand sich in meinem kleinen digitalen Quadrat. Mein Handy entpuppte sich als größter Freund, der mir meinen Wunsch, Mia zu sehen, ermöglichen konnte, denn Gott sei Dank hatte sie auf jeder denkbaren Plattform ein offenes Profil. Nicht nur das: Ich fühlte mich geborgener und weniger allein, wenn ich online war. Aber ich muss gestehen, ich hatte zeitgleich etwas Angst, Inhalte von Mia zu sehen. Seit unserem Gespräch hatte ich nichts mehr von ihr gehört, keine „Entschuldigung, es tut mir so leid, ich habe einen Riesenfehler gemacht"- Nachricht, keine Story, kein Internetpost, nichts. Gerade für uns beide war so ein Verhalten sehr untypisch. Mia und ich posteten in unserer Blütezeit fast täglich, ob zusammen oder getrennt!

Wenn ich nicht gerade von ihr persönlich wusste, dass sie mit Damien im Fridas Café eine heiße Schokolade mit extra Sahne und *Pumpkin Spice* trank, dann spätestens durch ihre Instagramstory. Selbst über die Weihnachtsfeiertage postete sie noch viele Stories und seit unserem Treffen herrschte absolute Funkstille. Ob sie mich einfach geblockt hatte, damit ich ihre Stories gar nicht erst sehen konnte, fragt ihr euch? Nein, ich erstellte mit dem Mail Account meiner Mutter ein neues Profil und konnte schonmal bestätigen, dass ihr Account tatsächlich einfach nur lahmgelegt war.

Abgesehen davon, dass ich es einfach kurios fand, machte ich mir tatsächlich auch Sorgen. Ich fragte mich manchmal, ob es ihr auch so ging.

War es ihr plötzlich so egal, ob ich an diesem Abend sicher nachhause kam oder nicht? Was wäre, wenn ich an dem Abend nie nachhause gekommen wäre? Hätte sie das wirklich nicht tangiert? Vermisste sie nicht unseren täglichen Kontakt? Unsere Videoanrufe und Nachrichten? Die Memes, die wir uns zugesendet haben?

Meine Ablenkung aka exzessive Handynutzung spiegelte sich in meiner Bildschirmzeit wider, denn mein Höchstrekord der letzten Tage lag bei 11 Stunden 26 Minuten pro Tag. Klang erstmal mehr als es wirklich war. Gerade wenn man bedachte, dass zu diesem Zeitpunkt die Winterferien gerade erst endeten.

Der Gedanke, wieder täglich zur Schule zu gehen, ließ mich schaudern. Am liebsten wollte ich die Schule nur noch schwänzen. Ja, ja, ich weiß. Macht man nicht, soll man nicht und konnte ich auch nicht. Für solche Späße war meine Mutter nämlich viel zu streng, deswegen wollte ich es erst gar nicht versuchen. Das Ferienende machte mich nervös, denn jeder aus meinem Umfeld wusste von der engen Freundschaft zwischen Mia und mir: Meine

Schulfreunde, meine Mädels aus dem Training, sogar meine Trainerin. Somit hatte ich es bis zu dem Zeitpunkt erfolgreich geschafft, mich die letzten zwölf Tage in meiner eigenen kleinen Welt einzusperren. Und ob ich bereit war diese schon zu verlassen? Ich wusste es nicht. Schon schlimm genug, dass meine Familie alles mitbekommen hatte.

„Das war auch zu erwarten!", sagten sie am Essenstisch.

„Es war einfach viel zu viel. Wie immer musst du mit allem übertreiben."

Doch sie hatten keine Ahnung.

Sie ahnten nicht, dass dieses Mädchen mir gab, was mir niemand zuvor hätte geben können, nicht einmal meine eigene Familie.

Von unserem *wirklichen* Verhältnis hatte ich niemanden erzählt. *Vielleicht bleibt es für immer ein Geheimnis, welches wir mit ins Grab nehmen,* dachte ich mir. *Apropos Grab, vielleicht ist Mia ab jetzt einfach untergetaucht, als sei sie tot und hätte nie existiert,* schoss mir immer wieder in den Kopf, *und schon gar nicht sie und ich.*

8 Und wie wir existiert haben

Ich beobachtete die Uhr und zählte die Sekunden, bis ich endlich die Biologiestunde verlassen und das Wochenende starten konnte:

56, 55, 54 ...

Es war endlich Freitag und die erste Schulwoche war so gut wie hinter mich gebracht. Es war eine super anstrengende Woche. Wir erhielten ein paar

Klausuren zurück, ich wurde von meinen Lehrkräften mehrmals unaufgefordert drangenommen und musste mir zur Krönung noch langweilige Referate von Leon und Andreas über die Biosphäre anhören.

44, 43, 42 …

Ob ich Fragen über Mia und mich beantworten musste? Ja, selbstverständlich, wo dachtet ihr hin. Ich sah zu, diese cool und lässig zu beantworten.

„Was meinst du? Ach, Mia und ich. Ne, war nicht so das Wahre. Wir haben keinen Kontakt mehr und es ist auch gut so. Es ging von beiden aus, wenn es nicht passt, passt es halt nicht", erzählte ich auswendig und verdrehte dabei lächelnd die Augen. Diesen Text reimte ich mir Sonntagabend zusammen, sicher war sicher.

Es durfte nicht so übertrieben wirken, aber zeitgleich auch nicht zu durchdacht. Dennoch musste ich mir mal ganz frech auf die Schulter klopfen, denn ich war fester Überzeugung, dass ich diese Fragen richtig gut gemeistert hatte! Ganz abgesehen davon, was mich diese an Kraft und Schmerz gekostet hatten.

Aber hey, ich hatte Mal gelesen, dass es uns Menschen gelingen könnte, unser Gehirn und unsere Gefühle zu manipulieren. *Angeblich denkt dein Hirn, dass du glücklich bist, wenn du ein paar Sekunden grinst, ganz unabhängig davon wie du dich fühlst,* rief ich mir wieder ins Gedächtnis. Vielleicht funktionierte es ja auch mit Gedanken, die wir uns eintrichterten?

7, 6, 5, 4, 3, 2, 1, Freiheit!

***

Ich warf meine Schultasche in die hinterste Ecke meines Zimmers, schlug die Tür zu, sperrte sie ab und ließ mich sitzend an der Tür nieder. Meine Augen waren weit aufgerissen und tränten, meine Hände waren eiskalt und mein Herz raste, als sei ich gerade einen Marathon gelaufen. Was passiert war? Ich dachte, es sei eine gute Idee im Treppenhaus Instagram zu öffnen.

Was ich erwartete, waren: Katzen, paar Posts von Luana mit Lukas, Jassi und Fatima am Tanzen, sowas eben.

Was ich nicht erwartete und sah: Mias makelloses Gesicht.

Vor sechs Minuten gepostet, 13 Likes, zwei Kommentare.

Ich glaube wir sind uns alle einig, dass es kaum was Schlimmeres gibt als plötzlich ganz unerwartet das Bild einer Person zu sehen, die dir den letzten Sinn und Verstand geraubt hatte. Und ja, es war definitiv was anderes das Profil der besagten Person zu stalken und sich freiwillig den Bildern auszusetzen! Um an diesen Punkt zu gelangen, musstest du gedanklich und emotional erstmal abwägen, ob es eine gute Idee war das Profil zu besuchen. Ja, okay, gegebenenfalls nochmal die Blockierung aufheben, aber es lagen eben viele Schritte dazwischen. Aber so? Nach all dem, was gewesen war? Ich war komplett überrannt und überwältigt dieses neue unbekannte Bild von ihr plötzlich zu mustern.

Noch vor wenigen Wochen schickten wir uns immer gegenseitig die Bilder, die wir posten wollten und wollten erstmal sicherstellen, ob das Bild auch gut genug war. Hatte sie dieses Mal die Entscheidung allein getroffen? Oder das Bild schon jemand anderem vorher geschickt?

Ich machte einen Screenshot und schaute mir das Bild in meiner Fotogalerie genauer an, damit ich bloß nicht aus Versehen auf den roten Like *Button* klickte. Ich musterte das Bild ganz genau, so wie es sich meine

Deutschlehrerin wahrscheinlich bei jeder Bildanalyse wünschen würde. Das erste Mal empfand ich Mias Augen als eiskalt und herzlos, zeitgleich war sie für mich immer noch der schönste Mensch auf Erden mit der wohl schlimmsten Bild *caption* überhaupt: *„New year, new me"*. *Oh, come on, give me a break.*

9 Ganz ehrlich, wer bin ich denn…

…dass ich mir so etwas gefallen lasse?, dachte ich empört. Erst bot sie mir die perfekten Voraussetzungen mich fallen zu lassen, dann wurde ich abserviert, um es mal beim Namen zu nennen, und nun wurde ich so provokant vor allen auf Instagram vorgeführt?

„New year, new me" – wieso neu, was war denn an dem Alten so schlecht? Umso länger ich darüber nachdachte, desto wütender machte mich die ganze Situation.

Dieser Post war mehr als nur ein Post. Es war ein „Schaut her, mir geht es gut" und es fuchste mich, dass sie die Erste von uns beiden war, die so ein bombastisches Bild raushaute und die Like-Herzchen auf Instagram sammelte, denn schon bald würden alle merken, dass sich unsere Blütezeit ausgeblüht hatte. Da hatte mir die Mia, die vom Erdboden verschwunden war, besser gefallen.

Ich schaute in den Spiegel und sah dunkel verzottelte Haare um mein Gesicht fallen. Meine Augen waren ausdrucks- und glanzlos. Meine Lippen waren blass und trocken. Ich sah einfach nur erschöpft aus und dieser Anblick gefiel mir ganz und gar nicht. Ich wusste, dass ich besser aussehen konnte. Sogar sehr viel besser! Ich griff zum Handy, öffnete die App Facetime und rief Gagi, meine Cousine, an. Wir sahen uns nicht sonderlich häufig, doch wenn was war, waren wir immer füreinander da.

„Was geht?!", schrie sie ins Handymikrofon und meine Stimmung wurde schon gleich heller. Ich hatte das Gefühl, dass sie einer der wenigen Menschen auf der Welt war, der mich nicht verurteilte, egal wie ich aussah oder was ich machte. Zeitgleich fiel es mir schwer, meine Gefühle bezüglich der Situation mit Mia zu offenbaren. Wie das alles lief, war mir peinlich. Dass ich den Kürzeren gezogen hatte und komplett *heartbroken* war, war mir peinlich.

„Ich habe so lange nichts mehr von dir gesehen oder gehört, ich dachte schon du liegst im Koma! Wo hast du gesteckt?", schob sie gleich hinterher und riss ihre perfekt geschminkten braunen Rehaugen auf.

„Ach, hör mir auf. Mia und ich haben uns gezofft und das war's jetzt mit uns", versuchte ich ihr kurz und knapp zu erklären, ohne ins Detail zu gehen.

„Oh, das tut mir leid. Deswegen hast du also ihr Bild von vorhin nicht geliked. Ich dachte mir schon, dass irgendetwas zwischen euch nicht stimmt, da ihr seit Tagen einfach nichts von euch blicken lassen habt", sagte sie bedauernd und spielte an den hellbraunen Haarsträhnen, die ihr locker auf der Brust lagen.

Während die Sonne auf mein Gesicht brennt und es unmöglich macht meine Augen zu öffnen, spüre ich eine durchgehende Vibration am Handy. Ein Anruf? Fast automatisch greife ich zum Handy und reiße meine Augen auf. Das Brennen der Sonne bringt mich dazu von meinem Liegestuhl aufzuspringen und stürmisch ins Wohnzimmer zu rennen. „Ich werde mich heute nicht vom Fleck rühren", hatte ich noch vor wenigen Minuten meinem Vater angekündigt. Doch jetzt gibt es kein Überlegen mehr! Ich stehe im Wohnzimmer und warte, bis sich meine Pupillen endlich wieder an einen abgedunkelten Raum gewöhnen. Heute noch? Ich muss schauen was da los ist!

Mia<3 hat dein Bild geliked.
Mia<3 hat dein Bild geliked.
Mia<3 hat dein Bild geliked.
Mia<3 hat dein Bild geliked.
Mia<3 hat dein Bild geliked.
Mia<3 hat dein Bild geliked.
Mia<3 hat dein Bild geliked.
Mia<3 hat dein Bild geliked.
Mia<3 hat dein Bild geliked.

Ich drehe doch durch. Mein Herz scheint zu explodieren und ich spüre meine freudige Nervosität.

Mia<3 hat dein Bild geliked.
Mia<3 hat dein Bild geliked.
Mia<3 hat dein Bild geliked.
Mia<3 hat dein Bild geliked.
Mia<3 hat dein Bild geliked.

Sie überschüttet mich förmlich mit Liebe.

Mia<3 hat dein Bild geliked.

Mia<3 hat dein Bild geliked.

Genau das ist mein *Vibe*.

OMG, du bist verrückt hahaha

Schreibe ich ihr in Windeseile, in der Hoffnung sofort eine Antwort
zu bekommen, denn immerhin scheint sie am Handy zu sein.
Bingo! Mein Handy bimmelt wieder.

Jaaa, nach dir und deiner Schönheit! Ich werde für immer
jeden Tag auf neue Bilder warten und liken <3

Und wenn keine neuen Bilder nachkommen? ;)

Dann werde ich immer deine alten Bilder entliken und neu
liken <3

Und genau das tut sie. Jeden. Einzelnen. Tag.

Ich sagte doch, alle würden es merken, dass zwischen Mia und mir nichts
außer dicke Luft war.
„Ganz genau. Erst hat sie alles beendet, lässt nichts von sich hören und
plötzlich haut sie dieses mega Bild raus! Mit dieser schrecklichen provokanten
Bil-"
„Bildbeschreibung! Ja! Ganz schrecklich! Jetzt verstehe ich es: Sie hat dir den
Social Media-Krieg erklärt! Sie will dir zeigen, dass sie besser dran ist als du!",
konterte Gagi sofort.

„Und weißt du was das heißt, liebe Alessa?", fragte sie gleich herausfordernd.

„Ich muss jetzt ebenfalls gute Bilder raushauen?", stellte ich als Gegenfrage, obwohl ich schon die Antwort kannte.

„Absolut, pack deine Schminktasche aus!", schrie sie überglücklich in die Kamera und klatschte hierbei ihre dünnen Finger mit den ellenlangen Glitzernägeln aufeinander. Gagis Augen strahlten und ich merkte, dass sie es liebte, gerade ein Teil des Ganzen zu sein.

***

Zwei Stunden später saß ich da, „komplett aufgebitcht, wie eine *Queen!*" strahlte Gagi. Meine Haare waren offen und perfekt geglättet. Ich hatte es sogar geschafft, mit Gagis Tipps und Tricks einen perfekten Eyeliner zu ziehen. Sogar Wimpern hatte ich mir aufgeklebt und das hatte was zu heißen! Als ich zum ersten Mal Wimpern klebte, landete ich in der Augenklinik, da der Kleber ins Auge gelang und ich kaum noch was sehen konnte (leider beruht diese Geschichte auf einer wahren Begebenheit).

Ein zarter Lidschatten in hellen braun-glitzer Tönen betonte meine grünen Augen und der Highlighter an den Wangen war auch nicht wegzudenken. Für die Lippen hatte ich mich (oder besser gesagt Gagi) für einen nude-rosa Ton entschieden, der von einem farblosen Lipgloss betont wurde. Um das Bild perfekt abzurunden, zog ich meine goldenen Kreolen an. Die passenden Ohrringe machen ein Outfit immer perfekt!

Ich musterte mich im Spiegel und eigentlich fand ich mich ganz schön mit dem *Look*.

„Okay, das heißt ich muss jetzt zusehen, dass ich ein gutes Bild hinkriege und bis spätestens 21:30 Uhr posten."

„Versteht sich von selbst", sagte Gagi selbstverständlich, während sie leidenschaftlich in ihr Burrito biss, den sie sich in der Zwischenzeit liebevoll zubereitet hatte.

Das liebte ich an uns, unsere nonverbale Kommunikation. Ich musste ihr zum Beispiel nicht erstmal erklären, dass zwischen 20 Uhr und 21:30 Uhr die meisten Likes auf Instagram zu generieren waren, sonntags und feiertags allerdings eine Ausnahme bestand und man an solchen Tagen schon um 18 Uhr posten konnte. Die Gegebenheiten mussten eben perfekt sein, das sollte jeder wissen und ich hatte keine Lust jede Menschenseele neu einzuweihen.

***

„So langsam gerate ich unter Zeitdruck!", dachte ich, während ich hastig alle Bilder durchstöberte, die ich in meiner Handyfotogalerie mit einem Herzen versah und schon längst bearbeitet hatte. Es standen genau 14 Bilder zur Auswahl und ich konnte mich einfach nicht entscheiden. Außerdem hatte ich das Gefühl, dass die Bilder immer hässlicher wurden, umso länger ich sie anstarrte.

Mach jetzt endlich! Du willst Mia doch nicht gewinnen lassen! Du stehst da wie der letzte Looser!, hörte ich in meinem Kopf und ehe ich mich umentscheiden konnte, drückte ich auf das Plus in der App und tippte meine Bildbeschreibung ein: „*Watch me :**" und wählte willkürlich eines der 14 Bilder aus. Irgendwo sahen sie dann doch alle gleich aus.

Zack! Gepostet!

21:09 Uhr. Genau im Zeitrahmen. Puh.

Ich aktualisierte meine Seite. Hatte es schon jemand geliked?

Nein, aber es waren ja erst zwei Sekunden vergangen.

Kein Grund zur Panik.

Nochmal aktualisieren.

Nichts.

Komisch.

Erneut aktualisieren.

„21:11 Uhr: Keine neuen Benachrichtigungen vorhanden.“

Drei Minuten waren schon vergangen.

Was sollte das? Ich war mir sicher, einige Leute hatten schon mein Bild gesehen.

Nochmal aktualisieren.

Nichts.

Ich geriet in Panik. Hatten die Stimmen in meinem Kopf recht? War das alles gerade lächerlich und jeder außer mir bemerkte es? War ich der *Looser*?

„21:14 Uhr: Keine neuen Benachrichtigungen vorhanden.“

Ach du scheiße, ich musste es löschen.

Wie peinlich! Ich hatte es vor fünf Minuten gepostet und es waren immer noch null Likes!

Hatte Mia das Bild schon gesehen und lachte nun über meine null Likes?

War sie online?

Lag es an mir?

War Instagram gerade wieder down?

Hatten sich die Zeiten für den perfekten Post verändert?

Was war los?!

„21:16 Uhr: Keine neuen Benachrichtigungen vorhanden."

Ich wurde unruhig und meine Herzfrequenz stieg.

Nochmal aktualisieren.

Puh, Entwarnung! Ich spürte eine plötzliche Entspannung in meinen Schultern.

BenZ und Luisaaalovesu haben dein Bild geliked.

Halleluja. Ich dachte schon.

Ich legte mein Handy auf die Fensterbank und schaltete das Licht aus.

Alle paar Minuten leuchtete mein Handy auf und von Weitem sah ich die schmalen rosa Benachrichtigungen, die mir mitteilten, dass mein neues Bild geliked oder mit bunten Herzchen kommentiert wurde.

So war meine Welt in Ordnung. Stunden vergingen und das Handy leuchtete immer wieder auf. Ich schlief lächelnd ein, denn das hatte ich mir auch verdient.

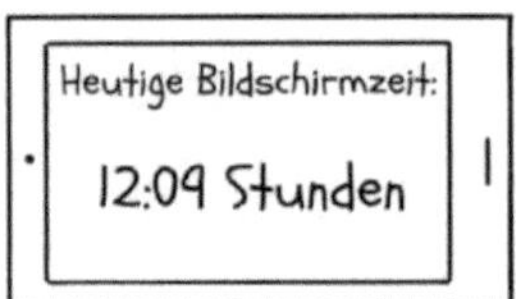

10 Sie sollten ruhig wissen, wo ich geblieben bin

Samstag, 10:26 Uhr. Ich öffnete langsam meine Augen und schloss sie wieder. Gott, war ich müde. Ich erinnerte mich an das Gespräch mit Gagi zurück und sofort schoss mir mein neuer Instagrampost ins Gedächtnis! *Wie viele Likes habe ich schon*, dachte ich mir. Ich griff sofort zum Handy und war plötzlich hellwach.

Rabi<3 hat dein Bild geliked.

HudaGirl hat dein Bild kommentiert „Wow <3!!".

Textnachricht von Papa: „Hey Maus, ruf mich bitte an, wenn du wach wirst.

Sind schon unterwegs."

Ein Anruf in Abwesenheit von JessKess.

BBurakk hat dein Bild geliked.

Zein hat dein Bild geliked.

Ich scrollte durch die Benachrichtigungen und spürte, dass bei jeder weiteren Benachrichtigung mein Adrenalin stieg. Mir wurde warm. Es machte mich glücklich. So und nicht anders wollte ich meinen Morgen starten.

MirelaPink hat dein Bild geliked.

Lukas K. hat dein Bild kommentiert „Nice, man!".

Janessi hat dein Bild geliked.

Janessi hat dein Bild kommentiert „Guuurl".

Ein Anruf in Abwesenheit von Mamii.

Textnachricht von Mamii: „Papa und ich sind heute bei Leonie. Essen liegt im Kühlschrank. Kussi"

ÄndräBäbes hat dein Bild geliked.

Janessi<3 hat dein Bild geliked.

Niekohlééé hat dein Bild geliked.

LeaCarolinchen hat dein Bild geliked.

LeaCarolinchen hat dein Bild kommentiert „Hola chica! <3".

Emi hat dein Bild geliked.

Mia hatte mein Bild selbstverständlich nicht geliked.

Damit hatte ich aber auch nicht gerechnet, immerhin befanden wir uns offiziell im stummen Social Media-Krieg, nach dem Motto: Wem war die Trennung *wirklich* total egal? Und ich musste zugeben: Ich stand gar nicht mal so schlecht da! Jaaa, okay, sie hatte mehr Likes auf ihrem Bild, aber sie hatte auch mehr Follower. Das lag sicherlich nur daran, dass sie vor uns, vor Kiel, schon ein Leben in Dortmund hatte.

***

Nachdem ich erstmal mein Frühstück vor dem Fernseher genoss, beschloss ich Jess über Facetime zurückzurufen.

„Was geht, Chaya?", sagte sie gleich nach dem zweiten Tuten.

Sie saß ebenfalls wie ich, ungeschminkt auf der Couch und hatte ihre hüftlangen schwarzen Haare zu einem unordentlichen Dutt zusammengebunden. Ihre helle bleiche Haut stand im Kontrast zu ihren schwarzen Haaren und dunklen Augen, während ihre zarten kleinen rosadurchbluteten Lippen ihrem Gesicht eine Wärme verliehen. Jess' Gesicht war etwas rundlich, was ich an ihr immer liebte und sie an sich immer verachtete. So schnell gehen Perspektiven auseinander.

„Hello, nichts Besonderes, bei dir?"

„Ich langweile mich zu Todeeee", stöhnte sie ins Telefon.

Typisch Jess, sie hielt kein Wochenende zuhause aus.

Nun saßen wir also zwei Stunden später im Starbucks in der Innenstadt. Ich hatte mich, wie jeden Winter eigentlich, für den Toffee Nut Latte entschieden und irgendwie bereute ich es auch regelmäßig. Zu süß und zu pappig, aber am Ende kam man doch nicht daran vorbei.

Mia hätte jetzt ein Cold Brew Latte bestellt und sich tierisch über die neuen Papier Strohhalme aufgeregt, da sie nach wenigen Minuten weich werden würden, obwohl sie eigentlich einen guten Sinn und Zweck mit sich tragen.

An dem Tag saß ich aber mit Jess dort und sie hatte sich für einen Erdbeer-Frappé mit Sahne entschieden und wollte gerade genüsslich am Strohhalm ziehen, als ich ihr plötzlich genervt entgegne:

„Nein, warte Jess! Du kannst noch nicht trinken, ich brauche ein Bild von unseren Getränken für Instagram."

War ja wohl klar, oder? Ich musste jetzt wieder aktiver werden, damit Mia mindestens einmal am Tag daran erinnert wurde, wie großartig es eigentlich mit mir war.

„Hand weg, sie soll nicht wissen, dass du es bist, sonst erkennt sie dich noch an deinem roten Nagellack."

„Ally...warum genau ist es schlimm, wenn sie weiß mit *wem* du unterwegs bist aber nicht *wo*. Sie weiß doch, dass du mehrere Freundinnen hast und dass sie nicht die Einzige war."

Mist, Fettnäpfchen. Ich hatte Jess nichts von unserem Kuss erzählt und sie dachte zu dem Zeitpunkt, dass wir eine ganz normale Freundschaft führten. Natürlich konnte sie somit nicht verstehen, inwiefern das Ganze Mia eifersüchtig machen sollte.

„Ehm...jaaa...ja", überlegte ich laut.

„Dings, sie mochte es aber nie, wenn ich Zeit mit anderen verbracht habe. Voll die Drama *Queen*, sie wollte jede Minute meines Lebens, phew." *I wish.*

„Oh mein Gott, was?", sagte Jess ganz schockiert und riss ihre Augen auf.

„Boah, ganz ehrlich, sowas brauchst du doch nicht. Ist ja lächerlich. Jeder Mensch braucht Menschen um sich herum, die man liebt."

„Jep, genauso ist es", stimmte ich ihr zu.

Genauso ist es.

Wir saßen eine gute Stunde im Starbucks und schlenderten nun durch sämtliche Geschäfte. Insbesondere Street Outfitters hatte es Jess angetan.

Eine gefühlte Ewigkeit rann sie von Ecke zu Ecke und war total begeistert von dem ganzen Winterschlussverkauf.

Ich hasste es schon immer, dass bereits im Januar der Winterschlussverkauf begann. Ich meine – können wir mal kurz im Moment leben und nicht immer schon Monate *vor* einer Jahreszeit *auf* eine Jahreszeit vorbereitet werden? Stresste mich schon immer. Genauso wie die Adventskalender im September. Adventskalender – ouch. Noch vor drei Wochen öffnete ich überglücklich jeden Tag ein Türchen von Mias Adventskalender und plötzlich wartete ich tagelang auf irgendeine Art von Lebenszeichen. Alles erinnerte mich an Mia und ich hasste es.

„Ich kann mich einfach nicht entscheiden, ich finde beide Pullis so süß!", motzte Jess.

„Probiere sie doch an", schlug ich vor, damit ich endlich ein paar Minuten in Ruhe schauen konnte, ob Mia jetzt endlich die Story gesehen hatte, ohne dass Jess verstehen musste, worum es mir ging. Sie nutzte zwar alle sozialen Netzwerke regelmäßig, aber ich hatte das Gefühl, dass ihr Instagramlikes nicht so wichtig waren, wie mir. Somit dachte ich, sie würde es einfach nicht verstehen, um was es mir ging, was gerade abging und deswegen bemühte ich mich gar nicht erst um eine Erklärung.

„Hä? Komischer Pullover, guck mal, ich sehe darin voll unförmig aus", beschwerte sie sich und drehte sich vor dem Spiegel in einem hellblauen oversized Strickpullover.

„Eh…ja", sagte ich komplett gedankenversunken und wusste gar nicht, welcher Aussage ich gerade zustimmte. Ich hielt mein Handy in der Hand und scrollte ständig durch die Liste der Profile, die meine Story gesehen hatten. Mia war nicht dabei.

Folgte sie mir überhaupt noch? Schnell fand ich ihren Namen in meiner Followerliste. Puh, ja. Das wäre jetzt wirklich zu viel des Guten gewesen.

„Na toll, danke aber auch", sagte Jess und ging zurück in die Kabine.

Was? Wofür bedankt sie sich? Fokus, Ally!

„Klar, Süße, immer gerne", entgegnete ich ihr in einem hohen und hoffentlich netten Ton.

„Du mich auch", schoss sie zurück.

***

„Jess, es tut mir wirklich leid!" Ich schaute ihr dieses Mal sogar aufrichtig in die Augen und war ganz bei ihr. Dabei fiel mir auf, wie lange ich das nicht mehr war. Sie saß genervt vor mir, während wir im Sushi-Restaurant auf unsere Bestellung warteten.

„Dann sag mir endlich was los ist", sagte sie leise und schaute mir nicht in die Augen, während sie mit den Essstäbchen auf dem Tisch rumkratzte.

Es führte kein Weg daran vorbei. Ich liebte Jess und ich konnte es nicht riskieren auch noch sie zu verlieren.

„Also gut… Mia…"

Ich wusste gar nicht wie ich anfangen soll. Es zog sich alles in mir zusammen.

„Also wir…"

Warum fiel es mir so schwer darüber zu sprechen?

„Was ich meine ist-"

„Nerv mich nicht und sag es endlich! Ich gehe gleich! Den ganzen Tag scheinst du mir schon etwas zu verheimlichen!", schrie sie und rückte ihren Stuhl nach hinten, um aufzustehen.

„Ist gut! Also Mia und ich waren mehr als Freunde. Wir haben uns geküsst. Mehrmals." Ich traute mich kaum hochzuschauen.

„Whaaaaaat! Wie geil ist das denn?!" Ihre Augen strahlten plötzlich voller Freude.

„Sag mal, Jess, raffst du noch was? Da lief was zwischen uns und sie hat mich eiskalt abserviert, will ich dir damit sagen. Es gibt absolut keinen Grund zur Freude. Keinen Einzigen. Und nein, Mia klebte mir nicht am Arsch, ich wünschte das wäre meine größte Sorge."

„Oh...Ich... es tut mir leid. Ich hatte ja keine Ahnung."
Ihr Gesichtsausdruck war plötzlich ganz weich.

„Ist gut. Ich habe dir ja auch nicht die ganze Wahrheit erzählt. Du hättest es nicht wissen können."

„Aber denken können... Mir war spätestens beim Fußballspiel schon bewusst, dass es irgendwie mehr ist, ich konnte es nur nicht ganz einordnen."

Es ist Ende Juni und die Sonne knallt auf unseren Köpfen. Erst unser drittes Treffen.

„Kommt, bitte, beeilt euch, das Spiel hat schon angefangen!"
Jess hetzt uns durchs Kieler Stadion, um das Spiel der deutschen Nationalmannschaft gegen die kroatische im Livestream zu sehen.
Ja, richtig verstanden, es ist nur eine Live-Übertragung! Wir klettern über die befestigten Stühle des Stadions, um an die Zelte unten am

Rasen anzukommen. Dort spielt sich die ganze Party ab. Jess ist natürlich ganz vorne mit dabei, während Mia mir hilft, ohne jegliche Verletzungen über die Stadionstühle zu gelangen.

„Gott, Mia, es tut mir so leid, dass es gerade so stressig ist, Jess liebt nun mal die Fußball Weltmeisterschaft und darf sich nichts entgehen lassen", sage ich entschuldigend.

„Machst du Witze? Jess ist deine beste Freundin und ich möchte ein Teil von deinem Leben sein. Ich liebe es! Es wird sicherlich gut, komm!" Sie hält mir die Hand hin und wir haben endlich die Rasenfläche erreicht. Zugegeben, das Setting ist echt nicht das romantischste… betrunkene Menschen um uns herum, grölen bei jedem Tor die Nationalhymne, verbrannte Bratwürstchen werden überteuert am Zeltrand verkauft. Seitlich vom Zelt versammeln sich rauchende Menschengruppen, die lauthals über irgendwas lachen. Das ist normalerweise keine Umgebung, in der ich mich freiwillig aufhalte. Doch jedes Mal, wenn ich Mia anschaue, treffen sich unsere Blicke und ein Teil der Spannung fällt von mir ab. In der zweiten Halbzeit steigen die Spannung und Aufregung in der Menschenmenge. Sämtliche Menschengruppen lösen sich auf und alle starren wie ferngesteuert auf die Leinwand.

„Schieß doch endlich!", schreit Jess gestresst. Ich liebe ihre Begeisterung.

Mia nutzt die Menschenmasse, um mir körperlich näher zu kommen. Weil sie etwas größer ist als ich, stellt sie sich hinter mich und umarmt mich von hinten, wie ein Schutzschild. Während die Menschenmasse aufspringt und jubelt, gibt mir Mia einen Kuss auf den Kopf. Wie das Spiel letztlich ausgegangen ist, weiß ich nicht mehr, ich war gedanklich ganz woanders. Das Einzige, was ich wusste, war, dass das mit uns niemals aufhören sollte.

Es war mir unangenehm, darüber zu sprechen, deswegen schnappte ich mir erneut die Speisekarte, obwohl wir schon unser Essen bestellt hatten und ja, ich sagte es bereits, alles erinnerte mich an sie.

Mia hätte sich jetzt nämlich eine Zitronen-Ingwer-Limonade mit einem Eiswürfel und frischer Minze bestellt sowie das vegetarische Sushi-Menü, mit dem Extrawunsch, dass alle Sushis mit eingelegtem Kürbis gefüllt, die Hälfte von diesen jedoch paniert sein sollten und statt dem japanischen Omelett würde sie das Tofu Nigiri bestellen. Sie wandelte im Endeffekt jede Bestellung so stark ab, dass kaum noch was vom eigentlichen Gericht übrigbleibt.

Wenn ich mir doch nur die Vokabeln so gut gemerkt hätte, wie Mias Eigenarten.

11 Happy birthday

„…to you, happy birthday to you…"

26. Januar, ich feierte meinen 16. Geburtstag. Können wir kurz darüber sprechen, wie unangenehm es ist, etwas vorgesungen zu bekommen? Im Endeffekt zählte ich die Sekunden, bis es endlich vorbei war. Ich wusste, sie

meinten es nur gut, aber ich wusste mit viel Aufmerksamkeit im richtigen Leben nichts anzufangen.

„Happy birthday, liebe Alessaaaa…"

Ich sah in die strahlenden Gesichter meiner Eltern und von Jess. Wie glücklich konnte es Menschen nur machen Lieder zu singen?

„Happy birthday to you!"

Na, hallelujah.

„Danke, ihr Lieben!", sagte ich kleinlaut.

„Du musst pusten!", schrie Jess über den ganzen Tisch und hielt ihre selbstgemachte bezaubernde Erdbeersahnetorte mit 16 pinken Kerzen, wie man sie nur aus den Filmen kennt. Jess waren Geburtstage extrem wichtig! Sie gab an diesen Tagen alles und Gnade uns Gott, wenn wir nicht die Hälfte von dem Theater an ihrem Geburtstag veranstalteten. Nichtsdestotrotz schätzte ich diese Details an ihr sehr, wie zum Beispiel die Tatsache, dass sie an einem Wochentag den ganzen Abend bei uns verbrachte, nur um mich an meinem Geburtstag zu sehen. Jede Person braucht eine Jess im Leben.

„Wünsch dir was, mein Schatz. Sweet 16, ich kann es kaum glauben", sagte meine Mutter lächelnd mit Tränen in den Augen.

Sweet sixteen und ich hatte mich noch nie so bitter gefühlt und von meinem damaligen Geburtstagswunsch verschone ich euch mal lieber.

„Ja, heute vor 16 Jahren, mein Schatz, gingen die Wehen plötzlich los und wie es der Zufall wollte, war die Ampel kaputt, an der wir standen", begann mein Vater, während er meiner Mutter lächelnd den Rücken streichelte. Diese Geschichte kannten wir alle, inklusive Jess, in und auswendig.

„Wir standen bestimmt zehn Minuten und-", fuhr er fort.

„Zehn? Es waren mindestens 15 Minuten!", ergänzte meine Mutter lachend.

Im Endeffekt wusste niemand mehr, wie lange diese Ampel rot war, denn jedes Jahr bekam ich neue Zeitangaben zu hören. Ich war mir aber sicher, dass es im Endeffekt nur zwei Minuten waren.

„Also beschloss ich, irgendwann über die rote Ampel zu fahren"

…und wie der Zufall es wollte…

„…stand da gerade die Polizei und hielt uns an!", erzählte er mit voller Begeisterung und brach in Gelächter aus, als ob das Ganze erst gestern geschehen wäre und wir die ersten Menschen der Zivilisation wären, die diese Geschichte zu hören bekommen.

„Und trotzdem habt ihr aufgrund der Notsituationen aus Kulanz keine Strafe bekommen und durftet weiterflitzen", ergänzte Jess und beendete Gott sei Dank das nostalgische Gespräch. Freunde durften sich bei Eltern schon immer mehr erlauben als die eigenen Kinder, stimmt`s?

„Jemand Kuchen?", fragte mein Vater lächelnd mit Kuchenteller und Gäbelchen in der Hand. Ich musste zugeben, der Tag tat mir gut. In meiner Familie gab es das unausgesprochene Gesetz, dass an Geburtstagen nicht gemotzt oder gestritten werden darf und das Geburtstagskind bekam auch in keinem Fall Ärger. Genau mein Ding!

***

Es war kurz vor 22 Uhr und ich lag endlich mit meinem Handy im Bett. Meine Mutter hasste es, wenn ich in Gesellschaft das Handy nutzte, deswegen herrschte bei und in der Küche und im Wohnzimmer Handyverbot. Objektiv betrachtet hatten wir einen schönen Abend und wir hatten unseren

Spaß. Nichtsdestotrotz fühlte es sich seit der Trennung so an, als sei ständig eine dunkle Wolke über mir, die mir sämtliche Freude raubte.

Ja, ich hatte mich gefreut, aber nein, ich konnte den Geburtstag in diesem Jahr nicht so sorglos genießen wie sonst.

Mein Vater hatte Jess nach Hause gefahren, nachdem wir drei Runden Mensch-ärgere-dich-nicht gespielt und chinesisches Essen bestellt hatten. Vorher gab es jedoch die Bescherung und da es euch sicherlich ganz brennend interessiert: Von Jess erhielt ich Kinogutscheine, sowie einen neuen Lippenstift. Meine Eltern dagegen kauften mir ein E-Book und neue Bluetooth Kopfhörer, die ich ohnehin gebraucht hatte.

Auch wenn ich die Geschenke super fand, war ich etwas enttäuscht, dass ich tatsächlich keinen Hundewelpen bekommen hatte. „Ein Tier ist kein Geschenk!", beteuerte meine Mutter immer.

Aber wo war der Unterschied, wenn man sich einen Hund wünschte und sich ihn selbst kaufte, oder man sich einen Hund wünschte und die Mutter ihn als Geburtstagsgeschenk kaufte? Rein finanziell gesehen, macht es bis heute absolut Sinn für mich. Neues Familienmitglied und Geburtstagsgeschenk – zwei Fliegen mit einer Klappe.

Davon musste ich nur noch meine Mutter überzeugen. Vielleicht sollte ich ihr weiterhin fleißig Welpenvideos über Instagram schicken?

Und wo wir schon beim Thema wären…ich öffnete Instagram endlich nach drei langen Stunden wieder und BAAAM mein Herz raste.

In der rechten Ecke des Bildschirms bildete sich die rote Zahl 32 ab.

Wow! Ich hatte 32 Benachrichtigungen erhalten und hierbei handelte es sich nur um gutgemeinte Glückwünsche. Ich war plötzlich total aufgeregt und konnte die Nachrichtenbox gar nicht schnell genug öffnen. Menschen mochten mich.

Ich scrollte schnell durch, ohne die einzelnen Nachrichten zu öffnen und suchte vergebens nach einem Namen. Naja, was solls, erwartet hatte ich es nicht, aber erhofft.

Ich spürte förmlich, wie meine Hände wieder kalt und schwitzig wurden. Zeitgleich fühlte sich aber mein ganzer Körper so warm an. Ich hasste dieses gefühlstechnische auf und ab!

Ich klickte auf meine Story und sah 14 „Happy Birthday"-Stories, die ich von anderen repostete und einen Boomerang, den Jess von mir und der Torte gemacht hatte.

Ich konnte mich kaum für einen der 15 Boomerangs entscheiden und da mein Vater endlich die Erdbeertorte essen wollte, mussten wir aufhören mit dem Filmen. Für diesen Moment durften wir sogar kurz die Regel der handyfreien Zone brechen. Letztendlich war der Boomerang okay, aber auch nichts Weltbewegendes. Ich stand da und hielt mit beiden Händen die rosa Torte fest. Zunächst lächelte ich in die Kamera und schickte dann ein Luftkuss an alle meine Follower.

Meine Story wurde von 397 Personen gesehen. Hektisch wollte ich mir ansehen, wer diese Stories alle begutachtet hatte. Ich brauchte gar nicht lange zu scrollen, denn da stand es schon, ganz weit oben. Das, was ich sehen wollte:

Mia hat deine Story gesehen.

Mein Herz machte einen kleinen Sprung, meine Welt blieb kurz stehen. Die erste, wenn auch nicht direkte, Interaktion zwischen Mia und mir nach dem Kontaktabbruch. Ich klickte mich durch alle meine 15 Stories und meine Ansicht veränderte sich nicht.

Mia hat deine Story gesehen.

Alle 15 Stück.

Ach du scheiße.

Mir wurde schlecht. Sie hatte es gesehen.

Wieso hatte sie nicht geschrieben? War ich keine Nachricht würdig? Hasste sie mich?

Wohl kaum, warum würde sie sich dann alle 15 Stories von mir angucken?

Ich hätte es eventuell verstanden, wenn es nur eine Story gewesen wäre, aber es handelte sich um 15 Stück à zehn Sekunden.

Runtergebrochen hieß das: Mia verbrachte ganz bewusst über zwei Minuten damit, Glückwünsche an mich zu lesen und zu sehen. Bilder von mir. Videos von mir. Bereute sie ihre Entscheidung und traute sich nicht, mir wieder näher zu kommen?

Zugegeben, meine Reaktion am besagten Abend war sehr dramatisch. Tränenreich und dramatisch. Wäre ich Mia, hätte ich auch Angst vor mir gehabt. Mist, ich wusste, ich hätte lockerer damit umgehen sollen! Wie konnte ich verdammte Scheiße nur so emotional reagieren?

Ich konnte es zwar nicht mehr rückgängig machen, aber ich konnte das Beste aus der Situation rausholen und sie zurücklocken.

Hierfür schoss mir sofort ein Plan in den Kopf: *Wenn Mia also freiwillig mehrere Minuten auf meinem Profil verbrachte, dann sollte ich eventuell häufiger mehrere Stories von mir liefern, um ihre Aktivität tracken zu können,* dachte ich mir.

Denn: Schaffte ich es, mehrere Minuten am Tag ganz direkt Teil ihres Alltags zu sein, würde Mia häufiger an mich denken. Und vielleicht würde sie sich endlich melden, eventuell sogar heulend und sich für den ganzen Scheiß entschuldigen, den sie fabriziert hatte.

Erst hätte ich so getan, als wäre ich ganz distanziert und verunsichert, obwohl ich eigentlich sofort blind von einer Klippe gesprungen wäre, wenn sie mir das gesagt hätte. Dann wäre meine kalte Fassade gebrochen „und ich lerne ihr wieder zu vertrauen, da sie sich so mächtig ins Zeug legt" und wir hätten wieder zueinander gefunden. Vielleicht würden wir dann über diese komische Phase in einem Jahr lachen, oder in zwei, oder in drei. Jeder machte Fehler und ich war bereit zu verzeihen.

Der Gedanke daran, Mia zurückzuholen und alles rückgängig zu machen, gefiel mir sehr. Es waren die einzigen Gedanken, die meine dunklen Wolken im Kopf etwas aufhellen ließen.

Heutige Bildschirmzeit:

09:57 Stunden

12 Sie

Noch eine weitere halbe Stunde, dann war es geschafft. Es war Mittwochmittag und ich saß im Politikunterricht.

Dieses Mal waren es zwar keine Referate über das Sozialsystem in Deutschland, aber wir erfuhren wieder die halbe Lebensgeschichte von Frau Volk. Sie hatte ihre alten Politikbücher aus ihrer Universitätszeit (auch Steinzeit genannt) mitgebracht, um uns den Fortschritt der letzten 30 Jahre zu verdeutlichen.

„Alter Schwede, was interessieren mich schon diese alten Schinken?", flüsterte mir Ivi augendrehend ins Ohr und machte eine angespannte Handbewegung dazu.

„Mmh", erwiderte ich ihr und verdrehte ebenfalls mitfühlend die Augen.

Politik konnte ich noch nie viel abgewinnen und selbst wenn, ich war zu dem Zeitpunkt einfach nicht in der Laune für solche ziellosen Späße. Immerhin hatte ich am Wochenende einen Entschluss getroffen, wie ich Mia zurückkriegen könnte und der Plan war verdammt gut! Aber das Ganze musste richtig durchdacht sein, deswegen öffnete ich eine neue Seite in meinem Collegeblock und schnappte mir meinen Füller.

Ich schaute vorsichtig und unauffällig von rechts nach links, um sicherstellen zu können, dass niemand mitlas. Ivis Augen fielen fast zu, während sie gelangweilt ihren Kaugummi kaute. Ich glaube meine Mitschriften wurden von niemanden freiwillig mitgelesen.

Ich hole SIE zurück <3

schrieb ich in meiner ordentlichsten Schrift als Überschrift auf und machte eine kurze Gedankenpause.

Hmm... was liebte Mia am meisten? Wie lebte sie, wie dachte sie, was wollte sie? Ich wusste gar nicht, wo ich anfangen sollte.

Kategorien! Ich brauchte Kategorien.

1. Musik (Spotify Account!)

2. Hobbies

3. Style

4. Orte

5. Filme/Serien (Netflix?)

6. Lieblingsstars und Influencer

Ich musterte meine Mitschriften genau. *Das ist schonmal ein guter Anfang,* dachte ich mir.

Zu den meisten Kategorien fielen mir sofort Situationen und Gespräche ein, die mir Hinweise auf ihre Leidenschaften und Vorlieben gaben. Zeitgleich sollte Mia aber auch nicht merken, dass meine ganzen zukünftigen Instagram- und TikTok- Aktivitäten auf sie bezogen waren. Sie sollte einfach zärtlich von der Außenwelt aus realisieren, dass wir beide zusammengehörten. Deswegen hatte ich, schlau wie ein Fuchs, für die erste Kategorie gleich ein *Special* in petto...

Also haltet mich jetzt nicht für wahnsinnig, aber: Mia und ich teilten uns die ganze Zeit über eine Spotify-Playlist, die wir immer mit unseren neuen Lieblingssongs befüllten und die nun seit Wochen lahmgelegt war. Selbstverständlich würde ich mich jetzt nicht an dieser Playlist bedienen, das wäre viel zu auffällig gewesen. Ich machte es besser...

Mir war nämlich im Kunstunterricht aufgefallen (ja, wir durften unsere Handys zum Musikhören benutzen), dass ich durch die Playlist einen Zugriff auf ihr Spotify-Profil hatte. Nun ja, da fand ich wiederrum ihre aktuelle Playlist und konnte feststellen, welche Lieder sie vor wenigen Stunden und Tagen mit einem Herzchen versehrt hatte. Davon machte ich mir ein paar Screenshots und verwendete diese als Hintergrundmusik für meine zukünftigen Stories, die sie selbstverständlich weiterhin konsumieren würde, als würde sie nur darauf warten! Und dann würde sie der Schlag treffen und sie würde realisieren, dass wir auch ohne engen Kontakt, absolut gleich tickten!

Ich schaute auf die zweite Kategorie und wurde aber irgendwie nicht ganz schlau daraus. Natürlich kannte ich Mias Hobbies, daran lag es nicht, aber das wäre einfach zu auffällig. Ich strich es erstmal durch, denn wenn ich plötzlich mit dem Reiten anfangen würde, wäre das Ganze sicherlich sehr unauthentisch gewesen.

2. Hobbies

Dritte Kategorie: Style.

Dadurch, dass ich haargenau wusste, welchen Style Mia im Allgemeinen und an mir liebte, war diese Kategorie ein Kinderspiel für mich. Sie hatte mich bei gefühlt jedem Treffen mit verschiedensten Komplimenten überhäuft, sodass es mein Ziel war, ihr mit jedem Instagram Post den Atem zu rauben.

Und so ganz rein zufällig plante ich ebenfalls von den Orten aus zu posten, an denen wir bestimmte Dinge gemeinsam erlebt haben. So waren wir schon bei Kategorie

4. Orte

Zum Beispiel der Kiosk! Die erste Begegnung.

Der Strand, unsere gemeinsamen Picknicke.

Das Sushirestaurant an der Dahlbergerstraße.

Die Eissporthalle, unser erster Kuss.

Oh mein Gott, die Eissporthalle! Ich musste wieder mit dem Sport anfangen, sie war immer so begeistert von meinen Fähigkeiten auf dem Eis gewesen. Das wären potenziell gute TikToks, die sich sicherlich schnell verbreiten würden. Sie sollte mich überall sehen, jede App, die sie öffnete, sollte Mia an mich erinnern.

5. Filme/Serien

Leichter ging es ja kaum. Ich wollte Mias Netflix-Account knacken und schauen, welche Serien sie gesehen hatte. Dieselben würde ich mir dann ebenfalls anschauen, jedenfalls für die Außenwelt. Ein Passwort zu knacken war leichter als man dachte, ich durfte mich nur nicht dumm anstellen, damit Mia keine E-Mail-Benachrichtigung erhalten würde.
Zu guter Letzt:

6. Lieblingsstars und Influencer

Oh ja, ich kannte sie alle auswendig, ihre ganzen Vorbilder. Für die aktuellen Veränderungen musste ich noch Mias Followerliste studieren und schon wäre der Kuchen gegessen. Ich liebte diesen „Ich hole SIE zurück"-Plan!
Ob das nicht etwas gefährlich war, fragt ihr euch? Nein, weshalb schon? Ich plante nichts, was strafbar war und ich nutzte lediglich die Informationen, die

sie mir bot. Naja, okay, gut, über die Netflix-Sache lässt sich diskutieren, aber das tat ich ja nur um uns helfen. *Ihr* zu helfen, wieder klar denken zu können. Mia und ich waren verliebt ineinander. Wir *waren* es auch bis zu diesem Zeitpunkt noch. Das war Liebe und unsere Begegnung im Kiosk war kein Zufall. Gibt zu, jetzt wo ihr die ganze Geschichte kennt, seid ihr auch verliebt in sie. In sie und unsere Geschichte. Seht ihr! Ich tat damit nur Gutes. Was konnte schon schief gehen?

Ich zuckte hoch und erschreckte mich halb zu Tode, als die Klingel läutet. Stimmt, für einen Moment hatte ich ganz vergessen, dass ich im Politikunterricht saß. Ich schaute, und sah, dass ich dieses Mal nicht die Erste war, die hastig alle Politiksachen in die Tasche warf und hastig in den Feierabend flüchtete. In der Tat war ich dieses Mal die Letzte.

„Alessa, alles gut bei dir?", fragte mich Frau Volk, als wir beide nur noch die Einzigen im Raum waren.

„Ehm, ja! Ja, alles gut, ein schönes Wochenende noch, Frau Volk", sagte ich und warf mein Mäppchen in die Tasche und verließ den Raum.

„Alessa, warte!", schrie sie im Treppenhaus hinterher. Oh mein Gott, was kommt jetzt? *Hoffentlich kein Psychogespräch, nur weil ich mal etwas im Unterricht geträumt haben*, dachte ich mir sofort.

Doch ich drehte mich um und mein Herz blieb gefühlt stehen.

Sie hatte sie. Die Liste. In ihren Händen. Scheiße! Ich hatte sie tatsächlich liegen gelassen.

„Ist das deins? Es lag auf deinem Platz."

„Oh, das. Es gehört Hubert, er hat es in der Pause geschrieben, ich nehme es mit und bringe es ihm später vorbei", erfand ich und rann nochmal hastig die Treppen hoch, bevor sie die Liste genau mustern konnte.

Das war knapp. Solche Fehler durften mir kein zweites Mal passieren. *Sie werden mich doch alle für verrückt halten, wenn sie realisieren, was ich vorhabe,* dachte ich mir, *auch wenn es natürlich nicht verrückt ist.*

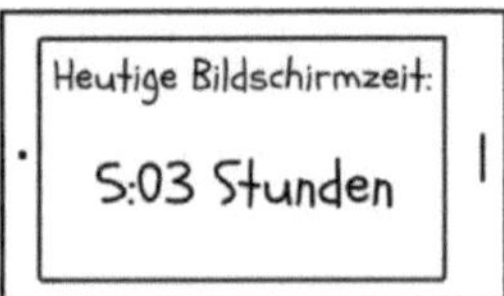

13 Was ist schon verrückt?

Ist es verrückt zu lieben? An Liebe zu glauben, zu hoffen, zu arbeiten?

Vor Mia war alles so ruhig in meinem Leben. Ich war zwar nicht sonderlich glücklich und hatte schon immer gravierende Probleme mit mir selbst, aber mein Leben war nie wirklich dramatisch. Es passierte eben nichts. Und geliebt hatte ich vor Mia auch noch nie jemanden (abgesehen von meiner Familie selbstverständlich).

Doch seit der Trennung fühlte ich mich wieder zurückversetzt in das alte langweilige Leben, das ich vor Mia hatte, nur mit dem Unterschied, dass sich ständig diese dunkle Wolke über mich breit machte und ich Angst hatte, dass sie mich eines Tages verschlingen könnte. Vielleicht fand ich durch diesen Plan wieder ein neues Leben, also ein „altes neues" oder im besten Falle ein „neues altes" Leben, in dem Mia ebenfalls vorhanden war. Vielleicht würde ich durch den Plan tatsächlich neue Leidenschaften finden, meinen Weg zurück zum Eiskunstlauf, meinen Horizont erweitern? All das hätte ich ihr zu verdanken. Aber am liebsten wäre es mir, sie wäre geblieben. *Dann hätte ich diese Freude am Leben, an mir und im Alltag, die ich durch sie erhalten habe, gar nicht erst verloren,* dachte ich immer und immer wieder.

„Huch, wohin willst du denn, Liebes? Hast du noch Pläne?", fragte mein Vater freundlich, während er den Geschirrspüler ausräumte und sah, wie ich meine Wasserflasche auffüllte. Ich liebte seine ruhige und höfliche Art, die bei ihm immer so natürlich war. Hätte ich das nicht von ihm erben können? Stattdessen fühlte ich mich einfach wie eine schlecht geratene biologische Erbmasse.

„Ich gehe heute mal wieder zum Sport", sagte ich kleinlaut. Es war mir schon fast unangenehm zu wissen, wie lange ich nicht im Training gewesen war, obwohl meine Eltern eine hohe monatliche Mitgliedschaft für mich zahlten.

„Ach, stimmt, heute ist ja schon Donnerstag. Soll ich dich später abholen?", fragte er.

„Alles gut, ich fahre mit der Bahn, aber danke dir."

„Wie geht es dir eigentlich?"

Was wird das denn jetzt schon wieder..., dachte ich mir.

„Ehm...gut? Und dir?"

„Ich mache mir etwas Sorgen um dich, Schatz. Seitdem du nicht mehr mit Mia befreundet bist, wirkst du so in dich gekehrt und ja, schon fast traurig."

„Ach Quatsch, alles gut Papa, wirklich. Es ist, wie es ist. Ich muss los, der Bus kommt gleich!" Mein Gott, würden diese Fragen je aufhören?

Dass dieser Abend kein leichter Abend werden würde, war mir bewusst. Aber, dass es so schmerzte, an den Ort zurückzukommen, an dem alles begonnen hatte, hätte ich nicht gedacht. Ich spürte eine Nervosität, die sich in mir breit machte und spürte, wie wackelig ich auf den Beinen war, seitdem ich wieder in der Eishalle war. Und so sollte ich erfolgreich Eis laufen? Ich konnte nicht mal daran denken!

Stattdessen betrat ich die Halle und schaute zuerst nach oben, als würde ich gerade kontrollieren wollen, ob alles so steht und hängt wie vor wenigen Wochen noch. Ich sah keine Veränderung. Dafür spürte ich aber viel zu viel auf einmal.

Diese Decke. Sie war der Ausblick, den ich mit Mia hatte, bevor es zu unserem Kuss kam. Die Spots, das kegelförmige Licht, das Eis, auf dem wir gemeinsam lagen, die Luft, die wir gemeinsam einatmeten. Alles war noch da.

„Alessa, du endlich wieder da. Viel Training verpasst", wurde ich gleich von Doria, meiner Trainerin, streng aus meinen Gedanken gerissen. Sie funkelte nicht gerade mit Sympathie. Wenn es jedoch drauf ankam, war sie für ihre Tänzer*innen immer da.

„Ab aufs Eis, warm tanzen. Zack, zack."

Ich zog mir schnell die Stulpen über die Schlittschuhe und sah schon die anderen Mädels übers Eis flitzen.

Nach dem Warmtanzen und dem ganzen Gekicher auf dem Eis, hatte ich schon fast vergessen, weshalb ich so schlecht drauf war. Es lief alles gut und obwohl ich mich schon seit Wochen nicht an meinen Trainingsplan gehalten hatte, schlug ich mich eigentlich relativ gut, sprach ich mir selbst zu, sogar so gut, dass es für TikTok langte.

„Hey Sandra, kannst du mich bitte kurz filmen?", rief ich durch die Halle und hielt ihr schon mein Handy hin. Eigentlich sah das Doria nicht sonderlich gerne, wenn wir unsere Handys auf dem Eis benutzten, aber dieses Mal verzog sie keine Miene, als sie Kiara fragend anschaute. Wir alle wussten, was das bedeutete.

„Klar, leg los!", antwortete mir Kiara.

Das ließ ich mir doch nicht zwei Mal sagen! Ich nahm meine ganze Kraft, um die zweifache Pirouette standzuhalten. Diese Aufnahme musste einfach perfekt werden! Immerhin würde Mia sie sehen. Mich hier, tanzend auf der Eisfläche, auf der wir gemeinsam lagen.

Ich nahm Anlauf, setze an und was soll ich sagen, es gelang mir. Ich empfand diesen Moment als ziemlich besonders, da ich mich mit der zweifachen Pirouette grundsätzlich sehr schwertat und sie in der Vergangenheit definitiv nicht immer gelang. Doch mit Mia in meinen Gedanken ging es. Sie zu beeindrucken gab mir Kraft und Motivation. Die Mädels in der Halle applaudierten und jubelten, während ich vor Stolz nur so protzen konnte. Selbst Doria schien ein kleines Grinsen zu unterdrücken. Dieser wahnsinnig großartige Sprung gleich auf Kamera eingefangen, damit *sie* ihn sehen konnte. Mein Ziel des Abends war erreicht, es fühlte sich gut an, wieder zurück zu sein.

„Weiter so, Mädels. In wenigen Monaten haben wir den Wettkampf und ihr müsst ganz vorne mit dabei sein!", sagte Doria zur Verabschiedung.

Sobald ich in der Bahn saß, musste ich mein Video sofort auf TikTok posten und eine Verlinkung in meiner Instagramstory herstellen, damit ich auch sicherstellen konnte, dass Mia das Video gesehen hatte. Und Bingo! Nach sechs Minuten erhielt ich endlich meine Belohnung:

Mia hat deine Story gesehen.

Also doch! Sie saß vor ihrem Handy und verschwendete ihre Zeit mit *mir*. Mit einem Video von *mir*, in Aktion, in meiner Eleganz.

Geschrieben hatte sie mir immer noch nicht zu dem Zeitpunkt, aber das war nicht weiter schlimm. Ich gab nämlich noch nicht auf. Wir standen ja gerade erst am Anfang meines Plans und ich hätte alles getan, damit sie verdammt nochmal realisierte, dass wir seelenverwandt waren!

Ich musste meine Gedanken loswerden, solange sie Mia noch nicht hören konnte. Bis dahin musste mein digitales Handytagebuch herhalten.

Heutige Bildschirmzeit:

9:56 Stunden

14 Seelenverwandtschaft

Liebes Tagebuch,

in letzter Zeit denke ich vermehrt über das Thema Seelenverwandtschaft nach.

Oft frage ich mich: Was sind Seelen? Wer hat sie gemacht? Woraus werden sie gemacht? Und warum sprechen Menschen von einer Seelenverwandtschaft? Haben diese Seelen zu einem anderen Zeitpunkt auf der Erde einst zusammengefunden und tun es immer wieder, weil sie ohneeinander nicht können? In jedem Leben? Wie viele gibt es von ihnen? Ist diese Vermutung richtig, haben dann die Hinduisten mit ihrem Glauben an die Wiedergeburt nicht auch automatisch Recht?

Woraus Seelen auch immer bestehen, ich weiß, dass Mias Seele und meine eins sind. Schon seit der ersten Begegnung wusste ich, dass sie was Besonderes war, dass ich sie brauche und für immer behalten möchte. Mia hat mich zum Leuchten gebracht und mir gezeigt, wie gut ich mich mit den richtigen Menschen fühlen kann. Sie hat mir gezeigt, wie wertvoll ich sein kann, was und wer ich alles sein kann. Jeder braucht eine Mia im Leben, so viel ist klar. Und sie war eben meine Mia.

Mit ihr konnte ich all das sein und wenn die Vermutung, dass Seelen immer wieder aufeinander treffen wahr ist, dann kann ich es kaum abwarten mein nächstes Leben zu leben. Denn eins ist mir deutlich geworden: Um weitere glückliche Leben führen zu können, werde ich sie brauchen, meine Seelenverwandte.

In Liebe

Deine Alessa

15 Endstation – bitte aussteigen

Ich schreckte zusammen.

Mist, wie konnte das sein? *Endstation – Schönberg?*

Ich war so mit meinem Handy beschäftigt, dass ich gar nicht mehr auf die Fahrt achtete.

„Ehm hi Papa, ich bin in der Bahn eingeschlafen und bin jetzt in Schönberg, kannst du mich bitte abholen?", fragte ich ihn, sobald er ran ging.

Mir war zwar klar, dass er es immer und zu jeder Zeit tun würde, aber genau aus diesem Grund nutzte ich seine Gutmütigkeit auch nicht aus.

„Alessa, wie konnte das denn passieren? Sowas hattest du ja noch nie", fragt er verwundert.

„Ja, du hast Recht. Ich… ich stehe im Moment einfach neben mir und bin etwas erschöpft", gestand ich ihm.

„Alles klar, mein Schatz, ich fahre los, bleib wo du bist und pass auf dich auf. Es ist sehr dunkel und einsam um diese Uhrzeit."

Also war es ein perfekter Ort für mich. Schönberg. Schönberger Strand bei Nacht.

Nicht nur ein perfekter, sondern auch ein sehr besonderer Ort für mich. Mia und ich waren häufig hier, haben am Strand gepicknickt und Vokabeln gelernt.

Ja.

Genau hier.

Ich hielt es nicht aus, ich musste zum Strand laufen und ihr nahe sein.

Ich ließ mich im Sand fallen, schloss meine Augen und ließ den Wind in mein Gesicht wehen. Ich spürte die kalte, salzige Luft auf meinen Wangen, auf meinen Augenlidern. Das Rauschen der Wellen klang wie Musik in meinen Ohren. Ich verweilte hier für einen Moment.

Einfach nur atmen und spüren.

Atmen und spüren.

Obwohl es schon Anfang September ist, wärmt die Sonne unsere Haut, während wir uns gegenübersitzen und anstrahlen.

Atmen und spüren.

Über unseren Badeanzügen tragen wir kurze Blumenkleider, die wir gemeinsam gekauft haben, auch wenn wir beide wahrscheinlich wissen, dass wir heute nicht mehr baden gehen werden. Bevor wir zum Strand gelaufen sind, haben wir uns Slush Eis gekauft, womit wir uns genüsslich abkühlen.

Atmen und spüren.

Wir spielen gerade Uno und meine guten Karten erledigten sie ausnahmsweise Mal komplett. Mia ist so eine schlechte Verliererin, das liebe ich an ihr. Um ihre Frustration zu überdecken, wirft sie ihre Uno-Karten um sich und lache laut.
„Oh mein Gott, diese freche Art", schrei ich ihr lachend entgegen.
„Die mich jedes Mal packt", denke ich mir dazu und bin das erste Mal verwundert über meine Gedanken.

Ich atmete ein.

Sie springt auf und rennt los. Ihr Blick animiert mich ihr hinterher zu rennen.

Ich atmete ein.

Wir lachen und kreischen, bis ich sie am Zipfel ihres Kleides greife und sie von hinten umarme.

Ich atmete ein.

Durch sie lerne ich mich selbst viel besser kennen.

Ich atmete ein.

Wie hätte ich mich auch nicht in sie verlieben können? Sie gleicht einer Gottesgestalt.

Ich atmete ein.

Ein.
Ein.
Eine Enge in meiner Brust machte sich breit.
Ich spürte eine Hitze in meinem Körper, die sich abwechselnd auch nach Kälte anfühlen konnte.
Ich atmete ein.
Ich verlor das Gefühl für meinen Körper, als sei ich auf einer Wolke gewesen.
Als sei ich eine Wolke.
Ich atmete ein.
Ich bekam keine Luft mehr, wie sollte ich atmen?
Wie sollte ich diese ganze Luft wieder rauskriegen?
Mein Herz schlug immer schneller, mein Körper zitterte.
Scheiße, war ich gerade am Sterben?
„Alessa, was zu Hölle?", hörte ich mein Vater von Weitem schreien.
Ich atmete ein.
„Ruhig, ganz ruhig!", er hielt mein Gesicht mit beiden Händen fest und schaute mir tief in die Augen.
„Langsam ausatmen, gut so. Und wieder einatmen. Wir atmen wieder aus. Atme mit mir".
Wir atmeten gemeinsam, bis sich meine Herzfrequenz wieder verlangsamte und ich mein Umfeld wieder wahrnehmen konnte.

„Du hast mir so einen Schrecken eingejagt", sagte er und umarmte mich fest.

„Warte, ich hole dir etwas Wasser aus dem Auto."

Wir beide mussten uns erstmal von dem Schreck erholen und verweilten also einen Moment im Sand.

„Du kannst mir nicht sagen, dass nichts los ist", sagte mein Vater, nachdem wir Minuten lang schweigend das Rauschen der Wellen horchten und er mir sachte den Rücken kraulte.

„Ich mache mir Sorgen Alessa, ich merke doch, dass- oh, Mist", sagte er beim Anblick auf meine Armbanduhr.

„Mama macht sich bestimmt schon Sorgen und du musst morgen früh zur Schule. Können wir im Auto drüber quatschen?".

Also quatschten wir im Auto drüber.

Nicht über die Details, aber ums Große und Ganze. Er wusste jetzt, was ich für Mia empfand und warum ich an diesem Ort so besonders reagierte. Denn das, liebe Leute, war nach seiner Aussage, eine Panikattacke. Ich glaubte es ihm mal, denn ich hatte ja keine Ahnung, wie sich sowas anfühlte. Oder wusste ich es doch?

Wie auch immer, Papa hatte mir versprochen erstmal alles für sich zu behalten und Mama nichts zu erzählen. Die wirkliche Story mit Mia und den Grund, weshalb ich am folgenden Tag nicht zur Schule gehen konnte. Ich brauchte einen Moment für mich.

16 Zurück zum Plan

Freitag, 14:03 Uhr. Ich lag immer noch im Bett und verdaute den vorherigen Abend. Was war das bitte? Trieb sie mich jetzt komplett in den Wahnsinn?

Zeitgleich ärgerte es mich auch richtig, dass ich an diesem Abend nicht daran gedacht habe, eine Instagram Story zu posten! *Das wäre der perfekte Ort gewesen, Mia indirekt zu provozieren und gedanklich an mich zu binden,* ärgerte ich mich.

„Na, gut erholt von der Woche? Fühlst du dich besser?", begrüßte mich meine Mutter in der Küche, während sie gerade drei Wasserflaschen auffüllt.

Noch bevor ich ihr antworten konnte, stellte sie mir ihren heutigen Plan vor: „Aaalso, ich habe mir gedacht, dass Papa, du und ich heute einen richtigen Familientag verbringen! Was hältst du davon?".

Ihre Augen strahlten und ich brachte es nicht übers Herz ihr zu sagen, dass ich ihre Pläne für den Tag für zu uncool hielt, um eine gute Story zu posten.

„Klar, was steht an?", platzte es schnell aus mir heraus.

„Der Botanische Garten und am Nachmittag Pizza essen!", sagte sie übereuphorisch.

„Ich dachte mir…", erzählte sie weiter und ich hörte ihr kaum noch zu.

„Wollen wir uns eine Pizza teilen?", fragt Mia lächelnd. Sie sitzt mit offenen Haaren vor mir und trägt ein weißes enganliegendes Baumwolloberteil. Ihre Wangen sind rosa und ihre eisblauen Augen einfach nur fesselnd.

„Klar! Ich habe eh keinen großen Hunger!" Lüge. Ich könnte gleich drei Pizzen verschlingen, aber das kann ich wohl kaum sagen, dann wirke ich noch wie ein Vielfraß! Essengehen in der Kennenlernphase ist sowieso sehr mutig, wie ich denke. Wer schaut schon beim Essen gut aus? Ich nicht!

„Cool! Magst du auch Oliven?", fragt sie mich neugierig. Ist das eine Fangfrage? Mag sie etwa Oliven? Gibt es nicht diese eine Theorie, die besagt, dass in einer Partnerschaft eine Person Oliven liebt und eine sie verabscheut? Nicht, dass Mia und ich Partner*innen wären, ich meine ja nur.

„Machst du Witze? Oliven sind super!" Ich finde Oliven so grausam, dass ich den Gedanken daran kaum ertrage! Aber für Mia erweitere ich gerne meinen Horizont. Man soll sich doch immerhin stetig weiter entwickeln, oder?

„Perfekt, dann haben wir schonmal ein *Topping*! Mais?"

„Klingt perfekt!"

Wer zur Hölle bestellt denn eine Pizza mit Oliven und Mais?

„Seid ihr so weit, Mädels?"

„Klar, wir hätten gerne eine Pizza mit Oliven und Mais."

Wir anscheinend jetzt.

Abgesehen von der grauenhaften, nicht sättigenden Pizza, ist unser Treffen ein Traum! Sie anschauen zu dürfen, bedeutet mir absolut alles. Sie gleicht einer Engelsgestalt und ist der erste Mensch auf Erden, der auch beim Essen gut aussieht. Meine Gedanken über Mia verunsichern mich zugegeben schnell, bin ich wohlmöglich etwas in Mia verl-, nein, das kann nicht sein, Mia ist ein Mädchen! Ich verliebe mich nicht in Mädchen. Ich denke, dass ich sie eher so bewundernswert finde, dass ich einfach so wie Mia sein *möchte* und sie nicht *haben* möchte. Macht doch Sinn, oder? Einfach eine gute (traumhafte) neue Freundin!

„Oh mein Gott, ich platze, ich bin so voll!", stöhnt Mia und hält ihre Hände quälend auf ihren Bauch.

„Ich auch! Aber aus allen Nähten", bestärke ich ihre Aussage, obwohl sich die paar Pizzastücke wie eine Vorspeise angefühlt haben.

Erst letzte Woche haben wir uns im Kiosk kennengelernt und jetzt sitzen wir hier bei unserem ersten Date, ich meine, Treffen. Wie gerne würde ich ihre Hände, die einladend auf dem Tisch liegen, in meine legen.

„Hast du Lust auf ein erstes gemeinsames Bild?"

Was? Ach du Schreck! Wer weiß, wie ich gerade aussehe!

„Absolut! Vorher gehe ich aber nochmal kurz auf Toilette", entgegne ich ihr freudig. Im Bad stehe ich minutenlang vorm Spiegel und übe schonmal potenzielle Posten für unser erstes gemeinsames Bild und richte meine Haare. Wie aufregend! Sie will ein Bild mit *mir*? Mein Leben scheint mir wie ein Fiebertraum!

Zurück am Tisch greife ich zu meiner Brieftasche und frage: „Wollen wir schonmal zahlen und danach in Ruhe die Bilder machen?"

„Das ist nicht nötig, ich habe schon gezahlt, als du auf der Toilette warst. Ich bestehe darauf, dich einladen zu dürfen!" Ich kann mein Blick kaum von ihr lösen, sie begeistert mich auf jeder Art.

„Das ist, wow, ich weiß gar nicht was ich sagen soll, danke!"

Macht man sowas nicht eher auf Dates? Oder ist das bei Freunden auch so? Ist das doch ein Date?

„Bild?", fragt sie und schmiegt sich schon an meine Schulter für eine perfekte Pose, während mein Herz immer schneller schlägt.

„...ich erinnere mich, als kleines Mädchen warst du so begeistert von Pflanzen! Du wolltest immer Floristin werden! Weißt du noch? Willst du das noch?", strahlte sie mich an. Manchmal war sie nicht zu stoppen und an anderen Tagen kaum zu ertragen.

„Ehm, nein, ich denke eher nicht."

Ihr Gesichtsausdruck schwand und sie schaute enttäuscht aus.

„Freust du dich denn nicht?", sagte sie kleinlaut.

„Doch! Doch! Botanischer Garten, *let's go*! Nur vielleicht können wir das mit der Pizza verschieben? Mir ist gerade nicht so danach".

„Klar, meine Liebe. Komm, mach dich fertig, wir wollen gleich los."

Was man nicht alles aus Liebe zu den Eltern macht.

„Was man nicht alles aus Liebe zu den Kindern macht, oder? Ich persönlich fand Pflanzen ja nie so interessant. Und du doch auch nicht, Schatzi", hörte ich meine Eltern aus der Küche kichern. Dann hörte ich das Schmatzen eines Kusses. Würg.

„Nein, Alessa braucht das jetzt. Diese Zeit mit uns. Nur wir drei, wie früher."

Na, das konnte ja was werden.

***

„Mensch, jetzt leg doch mal dein Handy weg!", schnippte mich meine Mutter im Café an. „Hier gelten dieselben Regeln wie zuhause auch: Am Essenstisch gibt es kein Handy!"

„Jetzt lass sie doch, ihr geht es heute nicht gut...", hörte ich meinen Vater meiner Mutter leise zuflüstern. Er ahnte schon Böses.

„Ne, hör auf immer alles zu rechtfertigen, was sie tut. Regeln sind Regeln", sagte sie laut genug, sodass ich es deutlich hören konnte.

„Regeln sind da, um gebrochen zu werden", sagte er und lächelte mir zwinkernd zu.

Liebe.

„Regeln sind Regeln und an die halten wir uns", erwiderte sie streng, während sie über den Tisch nach meinem Handy griff. Sie hielt es gerade in der Hand, als ich es ihr wieder entreißen wollte. Ihre Augenbrauen hoben sich und in dem Moment wusste ich ganz genau, dass ich mehrere Grenzen überschritten hatte. Ein Glück waren wir zu dem Zeitpunkt in der Öffentlichkeit. Das erste Mal gab ich nicht nach und mein Herz raste vor Aufregung. Wie weit konnte ich es treiben?

„Du lässt dieses Handy los, und zwar genau *jetzt*", zischte mir meine Mutter leise über den Tisch und hätten Blicke töten können, meine lieben Freunde, säße ich jetzt nicht hier. Gott sei Dank war es ihr schon immer wichtig, was andere von uns hielten, sonst wäre hier sonst noch was am Dampfen gewesen.

„Nein", erwiderte ich ihr leise und ernst, während ich Funkeln in ihren Augen beobachtete. Mein Vater wurde erschreckend leise in dieser Situation und wusste gar nicht, wen er zuerst anschauen sollte.

„Ein heißer Apfelstrudel mit Sahne und Eis?", fragte die korpulente Bedienung mit dem Teller in der Hand.

Meine Mutter und ich schauten uns immer noch tief in die Augen, während wir nach dem Handy über den Tisch griffen. Sie ließ es endlich los, der Schein nach außen war ihr doch viel zu wichtig.

„Ja, hier bitte", sagte sie, während sie die Serviette bei Seite schob.

Ich wusste genau, wem ich meine Sensibilität zuzuschreiben hatte, denn die Augen meiner Mutter wurden glasig. Und dann tat sie mir schon fast wieder leid.

Sie wollte einen schönen gemeinsamen Familientag, den ich ihr versaut hatte.

Sie wollte ihren heißen Apfelstrudel mit Sahne und Vanille Eis genießen, den ich ihr versaut hatte.

Nichts tat mehr weh, wie eine Meinungsverschiedenheit mit der eigenen Mutter, die in Chaos und Tränen endete. Also bevor es so weit kommen konnte, beschloss ich kurz zur Toilette zu gehen, um ihr und mir den Raum zu geben. Mein Handy blieb natürlich bei mir. Bei allem Respekt.

***

„Ne, du kannst auch mal zu mir halten!", zischte meine Mutter meinem Vater zu, als ich mich wieder zu ihnen setze.

„Hi, mein Schatz", strahlte mich mein Vater an. *Bless his soul.*

„Dein Tiramisu wartet schon auf dich", ergänzte er.

Meine Mutter schwieg und es wunderte mich tatsächlich. Ob es später nochmal krachen würde? Ich war mir nicht sicher. Doch eins stand fest, mein Handy bekam sie nicht. Nicht zu diesem Zeitpunkt! In dieser Phase. Immerhin bestand ein Plan, Mia mit meinem Alltag zu versorgen und das konnte nicht funktionieren, wenn Mama darauf beharrt hätte, ihre dummen Regeln durchzusetzen.

Auf der Toilette hatte ich es nämlich endlich geschafft, die Story zu posten, die ich vorhin so mühevoll zusammengestellt hatte.

Vor meiner Mutter hatte ich extra erwähnt, dass wir ohnehin eine Fotokollage zum Thema Lieblingspflanzen machen mussten, um anhand dessen die Photosynthese zu erklären. Ich könnte glatt Lehrerin werden, oder? Wobei, nein, ich würde den Kindern eher ins Gesicht springen, als ihnen etwas beizubringen.

Jedenfalls hatte ich mich bewusst für das Foto vom Bonsaibaum entschieden, denn Mia hatte so einen zuhause stehen. Somit würde sie eine indirekte Verbindung herstellen, indem sie sich beim Schauen der Story dachte: „Hmm, komischer Zufall. So einen Baum hat meine Mutter im Flur stehen." Und zeitgleich würde es nicht zu sehr auffallen. Genial, oder?

Das Hintergrundlied stand auch schon seit einer gefühlten Ewigkeit fest, Track 18 aus Mias privater Spotify Playlist, die sie täglich brav ergänzte.

10. September, nur wenige Monate zuvor.

„Was war früher eigentlich deine Lieblingsmusik, bevor wir uns kannten?", fragt mich Mia, während wir uns gegenüber in der Bahn sitzen. Wir müssen uns beide etwas nach vorne beugen, um uns die Kabelkopfhörer teilen zu können.

„So vieles! Ich liebte Alternative, Rock, Heavy Metal, Punk aber auch Pop und manchmal Rap, ab und zu sogar klassische Musik, es kommt ganz drauf an. Ich liebe Musik allgemein sehr! Du?", frage ich neugierig.

Ohne meine Frage zu beantworten, sagt sie: „Ich wünschte, du wärst schon viel früher in mein Leben getreten." Ist es zu glauben, dass das mein neues Normal ist? Konstant geliebt zu werden, geschätzt zu werden, mit Komplimenten überhäuft zu werden. Ich habe so ein Glück!

„Und ich erst", lächle ich sie verträumt an.

„Du hast mir aber noch nicht verraten, was deine Lieblingsmusik war, bevor wir uns kennengelernt haben!"

„Ich habe mir da was ganz Besonderes für uns einfallen lassen! Und zwar...damit wir uns noch besser kennenlernen erstelle ich eine Playlist für dich, mit all meinen Lieblingsliedern der vergangenen Jahre. Lieder, die ich immer mit jemanden teilen wollte, der mir so wichtig ist, wie du es bist. Und jetzt habe ich dich endlich gefunden! Du kannst das Gleiche machen, dann habe ich einen Teil deiner Vergangenheit und du von meiner. Was denkst du?"

„Ich liebe es", sage ich, während ich mich nach vorne lehne und sie küsse.

„Ein weiteres erstes Mal", flüstert Mia.

„Ein weiteres erstes Mal?", wiederhole ich fragend.

„Das erste Mal, dass wir uns in einer Bahn küssen".

Das macht sie an jedem Ort, an dem wir uns „das erste Mal" küssen. Am See, im Wald, bei uns zu Hause, im Garten, wenn niemand da ist. Wir haben somit unzählige erste Küsse und ich liebe jeden einzelnen von ihnen.

Irgendwie fing ich so langsam an, das Spiel zu lieben, das wir spielten. Und sie machte ja auch mit. Sie postete zwar seit ihrem *„New year, new me"*-Schwachsinn nichts Neues und gemeldet hatte sie sich auch noch nicht, doch ich kannte Mia. Sie wollte mir insgeheim nur den Raum lassen, Dinge für sie und uns zu posten. Sie wollte mir einfach nicht in die Quere kommen und genoss es.

Wovon ich das wusste?

Sie übersprang keine einzige Story von mir. Wahrscheinlich konnte sie die nächste kaum erwarten und wartete am Handy auf mich. So wie ich auf sie. Wir waren verbunden und das spürte ich. Egal was sie an jenem Abend gesagt hatte.

Sie wollte mich und das wusste ich. Wie auch nicht, nach all dem, was war?

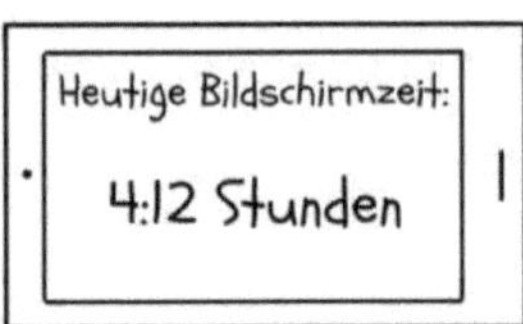

17 Filmabend

An dem Tag hatte ich es bei meiner Mutter komplett verkackt, denn sie redete keinen Ton mit mir. Mein Vater dagegen war unverändert, er baute Gespräche auf, lachte und streichelte ab und an die Schulter meiner Mutter, obwohl sie ihn keines Blickes würdigte und keine Miene verzog. Wenn sie einmal geladen war, war sie geladen und wartete eigentlich nur darauf, bis sie schießen konnte. Ein richtiges Maschinengewähr.

„Liebes, du denkst dran, Mama und ich sind heute Abend mit Jörg und Kerstin verabredet", erinnerte er mich, während wir ins Auto einstiegen.

Oh, stimmt! Zwei Mal jährlich trafen sich meine Eltern mit einem damaligen Schulfreund von meinem Vater.

„Ist es denn okay, wenn du heute Abend allein bist?"

Machte er Witze? Es war ein Traum!

„Klar, ich mache mir einfach einen gemütlichen Filmabend, lasst euch nicht stressen", antwortete ich ihm und versuchte nicht zu euphorisch zu klingen. „Welchen Film schaust du denn?"

„Also bist du ready für *die* ultimative Einführung in die ganze Saga?", fragt mich Mia, während wir beim Bäcker sitzen und sie noch schnell eine Käsestange verspeist.

„Schieß los! Ich kann es kaum erwarten!"

Unser erstes Date in der Pizzeria ist erst gestern gewesen und heute begleite ich Mia schon ins Kino, denn, haltet euch fest, dieses Treffen war auch wieder ihre Idee! Mia behauptet den Film, den wir uns gleich anschauen, bereits sechs Mal im Kino gesehen zu haben und ich könne mir das nicht entgehen lassen. Kann ich ihr das glauben? Keine Ahnung, es ist mir auch egal, dieses Mädchen ist einfach der Wahnsinn.

„Oh, echt? Krass. Aha, okay! Wow, da bin ich gespannt. Was, nicht wahr, oder? Wie interessant!" Mit diesen Floskeln halte ich sie anscheinend gesprächstechnisch ganz bei mir, denn sie redet und redet und ich folge ihr schon lange nicht mehr. Um ehrlich zu sein, weiß ich jetzt schon nicht mehr, welchen Film wir gleich sehen werden. Die Leidenschaft und Freude in ihren Augen, während sie davon berichtet, lässt mein Herz wieder schneller schlagen.

„Naja, jedenfalls ist es nun ganz allein seine Aufgabe die Welt vor der Apokalypse zu bewahren und-"

Ich verstehe nur Bahnhof.

Ich habe mich soeben in Mia verliebt.

„Ach, keine Ahnung, entscheide ich spontan", antworte ich meinem Vater.

***

Es wurde 20 Uhr und meine Eltern verließen endlich die Wohnung.

Los ging's, ich hatte einen strikten Plan. Ich musste mindestens drei gute Bilder schießen, die ich im Laufe der kommenden Woche posten konnte, damit ich sicherstellen konnte, ob Mia die Bilder so langsam, aber sicher liken würde. Ich dachte nämlich wir nähern uns langsam wieder an. Ich spürte es einfach. Oh und ja, dann würde ich noch einen Filmabend haben, aber dazu später mehr.

Ich riss meinen Kleiderschrank auf und wusste einfach nicht, was gut zu meiner weißen Instagram-Wand passen könnte. Was Grelles? Oder lieber eine zarte Farbe? Oder schwarz?

Was könnte Mia gefallen?

Eine gute halbe Stunde später stand ich also da, mit einem Haufen von Klamotten, die Mia einst als „hübsch" bezeichnet hatte.

„Na, dann mal los", flüsterte ich zu mir selbst.

Liebe Leute, ich muss ja ehrlich fragen, wie machen Models das?

Immer so makellos perfekt auf den Bildern aussehen?

Ich versuchte es wirklich und gab mein Bestes und am Ende guckte ich die Bilder an und musste- lachen? Kennt ihr das, wenn ihr so dämlich ausseht, dass ihr einfach über euch selbst lachen müsst? Und dann ist man froh, dass diesen Moment niemand miterlebt.

Worüber ich besonders froh war an diesem Abend: Gesichtsfilter! Bearbeitungsapps.

Gott, es erleichterte mir das Leben so sehr, ein richtiger *gamechanger*. So konnte man entspannt Bilder machen und sie mit wenigen Berührungen aufwerten. Genau das, was ich brauchte, denn mein Gesicht war alles andere als makellos. Das war ein riesen Vorteil Mia aktuell nicht sehen zu können und mich nur online zu zeigen. Denn wenn ich im wahren Leben ein Pickel auf der Nase hatte, dann hatte ich im wahren Leben eben ein Pickel auf der Nase. Dann brachte mir auch die beste Abdeckung nichts. Aber auf Bildern…nun ja, ich habe es schon gesagt, wendete ich ein paar Zaubertricks an.

Geht es euch auch so, dass ihr euch online viel selbstbewusster fühlt? Wenn mich nur die Hälfte meiner Follower gesehen hätte, wie ich nach meinen selbstinitiierten Fotoshootings ungeschminkt im Schlafanzug mit einem unordentlichen Haar Dutt da saß, ich wäre das Gespött schlecht hin!

Ich bewunderte immer die ganzen TikTok-Reels, die junge Personen an ihren „schlechten me-time"-Tagen drehten. Auch wenn sie auf den Videos sichtbar ungeschminkt waren, sahen sie einfach ästhetisch aus. Und ihr Seidenschlafanzug erst. Ganz zu schweigen von der Ordnung im Zimmer und die Einzelheiten, die einen ein absolutes fünf Sterne Wellness Hotel Flair vermittelten. Wie aus einer perfekten Instagram Werbung entnommen, die ich mir immer und immer wieder anschauen wollte. Und das sollten für andere Personen in meinem Alter die schlechtesten Tage der Woche darstellen? Das verstanden andere Leute unter „Zeige auch die schlechten Seiten des Lebens online"? Wahnsinn. Ihre schlechtesten Tage waren meine Besten. Aber das musste ja niemand wissen, es reichte schon, dass ich das wusste.

***

Zwei Stunden später lag ich völlig erschöpft im Bett und ging alle Bilder durch. Insgesamt waren es doch drei Outfits mit jeweils verschiedenen Frisuren und Make up Looks.

Ich. Konnte. Nicht. Mehr. Schön sein zu wollen, war für mich so anstrengend. Aber das Wichtigste war immerhin erledigt: Ich hatte mindestens drei Bilder, die ich an verschiedenen Tagen posten konnte. Und durch die kleinen Bearbeitungen hier und da sahen sie wirklich verdammt gut aus! Ein Bild haute ich am gleich am selben Abend raus, die Uhrzeit passte nämlich genau. Was wäre, wenn die ersten Likes schon wieder so lange auf sich warten lassen?

Wobei das neue Bild eigentlich echt gut war, im Vergleich zum vorherigen.

Ich spürte, wie meine Hände wieder kalt wurden und mein Magen sich zusammenzog. Ich hasste dieses Stressgefühl kurz vor einem Posting, aber ich musste da durch, um meine Belohnung zu erhalten.

Okay, 3, 2, 1, go.

Da war es, mein perfekt bearbeitetes Bild: Ich stand seitlich vor meiner weißen Wand in einem pinken Pullover, mein Kopf zur Decke geneigt und ich lachte, jedenfalls sah es so aus. Meine Haare flogen nach hinten, was dem Föhn zu verdanken war. Das Bild an sich wurde mit Hilfe eines Selbstauslösers geschossen, offensichtliche Selfies waren schon lange out. Immerhin mussten meine Follower ja das Gefühl bekommen, dass *mich* jemand fotografiert. Wie das Ganze dann in Wahrheit ausgesehen hat, war egal. Mit reichlich Kreativität funktionierte das schon.

Ich aktualisierte mein Profil und merkte, wie die Anspannung stieg. Was wäre, wenn ich wieder Ewigkeiten auf ein Like warten müsste? Ab welcher Minute müsste ich dann das Bild wieder löschen?

Ardiii hat dein Bild geliked.

Ardii hat dein Bild kommentiert „Richtig hübsch! <3!"

Malia hat dein Bild geliked.

Julez hat dein Bild geliked.

YES, Leute! Habt ihr das sehen können? Es läuft!! Danke, Ardi, für diesen Startschuss. Liebe an dich.

Ich war einfach verdammt gut in diesem Spiel!

Das Bild war super und ich sah wirklich glücklich und sympathisch aus.

Mensch, das war doch alles, was ich wollte, und es war auch alles, was zählte. So war ich gut genug.

Ich aktualisierte mein Profil im Sekundentakt und hin und wieder sah ich neue Benachrichtigungen. Es machte mich unendlich glücklich. Ich wusste, dass ich gut ankam.

19 Personen haben dein Bild geliked.

Wow, 19 Personen in 40 Minuten. Das bedeutete, dass circa alle zwei Minuten mein Bild von jemandem geliked wurde.

Ja, von *jemandem*. Aber nicht von Mia.

Ich sagte es schon zuvor, ich konnte mir vorstellen, dass sie meine Bilder noch nicht liken würde, auch wenn sie sie natürlich trotzdem umhauen würden.

Also brauchte ich einen Weg, um sicherzustellen, dass sie meinen Post wirklich sehen würde. Denn was wäre, wenn etwas völlig Unerwartetes eintreten würde und sie plötzlich mein Profil meiden würde? Oder stumm schaltet? Oder gar entfolgt? Ne, das würde ja wohl gar nicht gehen.

Was wäre denn in diesem Falle wohl besser gewesen, als das Dokumentieren meines Filmabends anhand von Stories, um sicherstellen zu können, dass sie nach wie vor Interesse daran hatte, meine Aktivität zu verfolgen? Ich brauchte dringend meine Ich hole SIE zurück <3-Liste!

Hmm…5. Filme/Serien (Netflix?).

Wie gehe ich das am besten an?, dachte ich mir während schon der Gedankenblitz kam. Wir haben an meinem Laptop über ihren Netflix Account Serien geschaut!

Ich öffnete meinen Laptop und ging sofort in den Browser, um Netflix zu öffnen und was soll ich sagen … Jackpot!

Da war er. Ihr Account. Es fühlte sich so geheimnisvoll, vertraut und gut an, ihr so nahe zu sein. Das waren alles Dinge, die sie *mochte*. So wie sie mich mochte. Mag.

Ich durchstöberte ihren Account, bis ich auf die Liste „Bereits gesehen" stieß. Verdammt, hatte sie nichts anderes gemacht, als Serien und Filme zu schauen, seitdem ich weg war? Nicht gerade zu meiner Überraschung stellte ich fest, dass es hauptsächlich Horrorfilme waren, die sie sich angeschaut hat. Zu meinem Erstaunen stieß ich auf ein Liebesdrama. *Falls wir jemals.* Du und Liebesdrama?

Phew, ich wusste es einfach. Du hast genauso gelitten, wie ich.

Als ich loslegen wollte, fiel meine Auswahl auf *Falls wir jemals.* Alles andere wäre zu viel des Guten gewesen.

Boah, Mia, mein Herz, der Film war echt schlecht. Er lief bereits 42 Minuten und ich langweilte mich zu Tode. Gut, zugegeben, ich war die letzten 42 Minuten auch damit beschäftigt, auf Instagram meine Zahlen und Kommentare zu checken, aber dennoch.

42 Minuten war eine gute Zahl, um eine Story davon zu machen.

Ich nahm eine Szene auf, die wichtig zu sein schien. Ich öffnete Instagram, machte meine Aufnahme und schrieb dazu „Bester Film", hier und da dekorierte ich die Story mit Herzchen. Jup, das passte so.

78 Minuten später und der Film war immer noch eine Nullnummer, jedenfalls das, was ich von ihm gesehen hatte. Was aber viel interessanter war: Vor 36 Minuten hatte ich die Story gepostet und Mia hatte sie nach sechs Minuten gesehen. Ich wusste es einfach, dass sie gestresst dasaß, meine Story sah, das passende Posting dazu und all die Kommentare und Likes. Sie wünschte sich sicherlich dabei zu sein. Ich kannte sie doch in und auswendig.

Man, Leute, Mia bereute es sicherlich so sehr, dass sie mich gehen lassen hat und ich konnte es kaum erwarten, bis sie mich anbettelnd wieder zurückbekommen wollte. Aber meine Liebe… ich war doch nie weg gewesen.

Ich spürte dich genauso wie vorher auch, ich sah all deine Aktivitäten, deine Lieblingslieder und die Dinge, die du mochtest.

Das Einzige, was jetzt fehlte, war dir zu begegnen.

Heutige Bildschirmzeit:

9:56 Stunden

18 Sie übernahm die Führung

Hold on! Was passierte hier plötzlich?

Es war Samstag früh, ich hatte gerade erst die Augen geöffnet und war noch super erschöpft von meiner Spätschicht vom Abend davor und *was* sah ich auf Instagram?

Eine komplette Storyline von Mia und irgendeinem Mädchen! Und es sah nach Spaß aus, Leute, S P A ß! Mia hatte Spaß ohne mich und das, was für einen erst. War das etwa ein Wangenkuss?

Moment! Stopp! Kurze Pause!

Ich lag im Bett und hielt mein Handy in der Hand.

Ich kochte vor Wut. Ich spürte förmlich wie heiß mir vor Aufregung wurde.

„Verdammte Scheiße!", nuschelte ich.

Ich brauchte erstmal eine kalte Dusche.

Einen Kaffee.

Ein Haargummi.

Frische Luft.

„Kannst du es fassen?", sagte ich aufgebracht, während ich Jess die ganzen Stories vor die Nase hielt.

Wir saßen im Skatepark auf einer Parkbank und genossen die ersten Frühjahrssonnenstrahlen, die sich dank Klimakrise jährlich verfrühten. Ich beobachtete den Frost auf den Grashalmen, der durch die Sonne langsam zu tauen begann.

„Glaubst du, dass das ihre Neue ist? Oder meinst du sie sind nur befreundet?", fragte mich Jess. Es tat so gut mit einer Person darüber zu sprechen, die in die ganze Geschichte eingeweiht war.

„Ich habe keine Ahnung, aber selbst der Gedanke an eine Freundschaft zwischen den beiden regt in mir schon einen Brechreiz. Da war ich, das war mein Platz."

Immer und immer wieder schauten wir uns die Stories von vergangener Nacht an. Ja, richtig verstanden, NACHT!

„Ich war mir tot sicher, dass sie verzweifelt vor dem Handy sitzt und alle meine Posts exzessiv analysiert und in Erinnerungen von uns schwelgt. Und was macht sie?"

„Mit irgendeinem heißen Girl durch Kiel flitzen und ein nices Konzert besuchen", antwortete Jess gelassen und schob sich eine mit Schokolade überzogene Erdbeere in den Mund, die sie auf dem Weg zum Park im Supermarkt gekauft hatte, Globalisierung sei Dank.

Sie sah meinen empörten Blick.

„Mach dich mal locker. Vergiss Mia, das Ganze ist jetzt schon paar Wochen her. Dir ging es doch die letzten Wochen gut."

Dachte sie das wirklich?

„Du hast dich um dich gekümmert, warst mit deiner Familie unterwegs, im Sport. Trennungen tun weh. Liebe tut weh, ja. Meine Faustregel schlecht hin ist, man darf nur drei Tage nach der Trennung noch weinen, alles andere ist peinlich. Also hör jetzt auf mit dem Quatsch."

„Aha."

„Und man darf nur halb so lange an der verflossenen Liebe hängen, solange sie auch gedauert hat. Sprich, wenn deine Liebesgeschichte zwölf Wochen angedauert hat, solltest du nach spätestens sechs Wochen abschließen. Und *guess what*? Deine sechs Wochen sind schon rum! Also…"

„Jess, nein, das kannst du nicht vergleichen."

„Stimmt, denn wer kann nach paar Wochen schon was von Liebe sagen?"

„Monaten."

„Was?"

„Monate. Mia und ich – das ging monatelang."

„Ja und es war nur bisschen Knutscherei. Und vielleicht waren diese sogar grottenschlecht, denn seitdem zieht sie sich ja zurück. SPAß!!!!"

„Das ist nicht lustig! Mir geht es wirklich scheiße!"

„Mach dich locker, man. Vergiss sie." Sie verdrehte die Augen und griff nach der nächsten Erdbeere.

„Willst du?", sie hielt die schmelzende Schoko-Erdbeere zwischen ihren Fingern. Ich versuchte nicht angewidert zu schauen.

„Ne, lass mal".

Ich hätte schreien könne.

Und heulen.

Niemand konnte meinen Schmerz verstehen, da war ich mir sicher und schon gar nicht Jess, die anscheinend noch nie Gefühle zugelassen hatte.

„Von wo leitest du eigentlich die ganzen Liebesregeln ab? Soweit ich weiß, hattest du selbst doch nie eine Beziehung", fragte ich neugierig und versuchte zeitgleich nicht so provokant zu wirken, wie ich es in dem Moment auch meinte.

„Aus Magazinen, diese Liebesseiten da, ab Seite 34", erklärte sie mir.

Wer liest denn noch Magazine, um Himmels Willen?, dachte ich mir.

„Dort kriege ich die ganzen Tipps her, falls du dich fragst. Verlässliche Quelle", erzählte sie mit vollem Mund.

Ich konnte nicht anders, ich griff zum Handy und musste mir die Story nochmal angucken. Bestimmt schon zum 27 Mal an dem Tag.

„Wer ist überhaupt diese dämliche Band? Wieso kenne ich sie nicht? Muss man Karten nicht lange im Voraus kaufen? Wieso hat sie mich dann nicht gefragt mit ihr hinzugehen? Wieso sie?"

„Oh mein Gott, chill! Sie wird wohl noch Bands kennen dürfen, die dir nicht bekannt sind. *Who cares?*"

„*I do!*"

„Mia hat ein eigenes Leben, man. Du besitzt sie nicht."

Für einen Moment saßen wir schweigend auf der Decke. Jess wippte freudig im Takt zu einem Lied, das wir von Weitem von den Skateboys hörten. Allein ihr entspannter Anblick machte mich schon aggressiv. Am liebsten hätte ich irgendetwas geschlagen, ich wusste gar nicht wohin mit meiner Verzweiflung!

„Man, guck doch Mal, Jess, was soll das? Du kannst mir nicht sagen, dass das nichts ist."

Ich konnte es einfach nicht sein lassen. Wenn ich mir die Stories nicht anschaute, sah ich sie trotzdem vor mir.

„Zeig mal her", sie griff nach meinem Handy.

„Hmm… naja, im Endeffekt fahren sie nur einen E-Scooter ", sagte Jess nachdenklich.

„Zu zweit auf einem."

„Mitten in der Nacht."

„Und sie sind umschlungen."

„Ja, Mia umarmt sie von hinten."

„Beide lachen."

„Und sehen verdammt glücklich aus."

„Mia küsst sie sogar auf die Wange. Aber es ist nur die Wange."

„Du meinst, es ist *dennoch* die Wange."

„Die Zeichen sind eindeutig, wie konnte ich so dumm sein, Jess!"

Plötzlich erleuchtete es mir.

„Ja! Genau das meine ich. Man, endlich", entgegnete mir Jess euphorisch und gab mir einen leichten Klaps auf die Schulter.

„Scheiß drauf! Sie hat schon längst die nächste Flamme und du sitzt hier und zerbröselst dir den Kopf. Ich habe es dir doch gleich gesagt! Erdbeere?"

„Was? Nein! Mia versucht gerade mit allen Mitteln mich eifersüchtig zu machen! Sie will mich zurück!"

Man, manchmal konnte ich einfach nicht klar denken. Oder wie meine Mutter immer sagte: „Vor lauter Bäumen siehst du den Wald nicht mehr."

Doch, da war er.

Ich sah ihn.

19 Edda

Also meine Lieben, was soll ich noch sagen? Es war 04:21 Uhr und es war Zeit, zwei Stunden Schlaf reinzuholen, um den bevorstehenden Montag zu überstehen. Das Wochenende hatte mir jegliche Kraft geraubt, stundenlang war ich am Recherchieren. Ohne das Handy in der Hand merkte ich, wie müde ich eigentlich geworden war und dass meine Augen die Agentenaktionen gar nicht gut fanden. Es war aber bitter nötig!

Erstmal eine Kurzfassung der vorherigen Stunden: Nach dem Park ging ich nach Hause und musste erstmal drei Familienkrisen überstehen.

Ja, es ging um die Diskussion im botanischen Garten, ja, ich hatte mich entschuldigt, ja, ich hatte es sehr wohl so gemeint und ja, ich brauchte einfach meine Ruhe. Pubertät, blablabla.

Jetzt zum wichtigsten Teil:

Nachdem ich erstmal das Instagram Profil von dem Mädchen auf Mias Video komplett analysiert hatte, konnte ich mir schon eher ein Bild machen. Ihr werdet es nicht glauben...das Mädchen, mit dem Mia überglücklich herumalberte schien niemand Geringeres als Edda zu sein!
Ich schnappte mir ein Kissen, legte es auf mein Gesicht und schloss die Augen. Manchmal wünschte ich, ich könnte in die Vergangenheit reisen.

„Edda ist nochmal ein ganz anderes Thema", erzählt mir Mia damals in der Strandbar, während wir auf den Liegestühlen liegen und die Sonne in unser Gesicht scheint.
Es ist Anfang Oktober und es fühlt sich gut an, mit Mia über unsere alten Erlebnisse zu sprechen. Immerhin hatten wir ein Leben davor, auch wenn ich die Vorstellung, von Mia mit anderen noch nie mochte.
„Was ist zwischen dir und Edda passiert?", möchte ich wissen.
„Wir lernten uns im Stall kennen, da waren wir gerade mal fünf Jahre alt. Wir wurden schnell zu besten Freundinnen und ich dachte damals, dass uns niemals etwas trennen wird."
„Aber?"
„Naja, wir waren jetzt fast zehn Jahre befreundet, bis sie mich hat sitzen lassen, wegen so einem blöden Streich. Eine Mutprobe oder was auch immer. Hat mir jedenfalls tierische Probleme bereitet."
Sie greift zu ihrem Getränk und schlürft am Strohhalm rum, obwohl schon lange nichts mehr drin ist.
Sie ist nervös.

„Ihre kleine neue Mädchengruppe, die ich absolut nicht leiden konnte, hat Edda schnell für sich beansprucht. Edda war nicht mehr sie selbst. Sie begann zu stehlen, wurde gemeiner und oberflächlicher. Unsere Treffen nahmen ab, um ihr Pferd kümmerte sich immer weniger. Das übernahm dann ihre Schwester Sümeyye. Wir sahen uns nur noch selten."

Sie macht eine kurze Gesprächspause und schaut dann nachdenklich in die Ferne. Diesen Anblick halte ich nur schlecht aus. Ich nehme ihr Gesicht sanft in meine Hände, küsse sie zärtlich auf den Mund und versuche, ihr die Situation leichter zu gestalten.

„Du musst nicht weitersprechen, wenn du das nicht möchtest."

„Doch, ich möchte, dass du das weißt!", fährt sie fort.

„Naja, wenn wir uns mal hörten, stritten wir viel, da ich es nur schlecht ertragen habe, so fallen gelassen zu werden. Sie beschloss, mich den Mädels vorzustellen, was im Endeffekt ein Riesenfehler war. Der Shoppingtrip endete für mich auf dem Polizeirevier und für die anderen Mädels im Stadt Café."

„Bitte was?" Ich glaube es kaum.

Sie schmunzelt, aber nicht, weil sie es wirklich lustig findet.

„Eine ihrer Mädels, Ava, meinte mir eine unbezahlte Haarspange in meine Handtasche zu werfen. Als der Alarm beim Ausgang läutete und die Security zu uns kam, meinte Ava nur: „Oh mein Gott, Mia, hast du etwa doch die Spange gestohlen? Ich habe dir doch gesagt, du sollst es lassen". Sie machten sich alle kichernd aus dem Staub und ich musste auf den Streifenwagen warten. Welche Probleme das mit sich gezogen hat, kannst du dir vorstellen. Hausverbot, Ärger zu

Hause, die Lachnummer schlechthin bei den Mädels. Das war das Ende von Edda und mir, sie hat sich nie dafür entschuldigt."

„Mia, ich bin fassungslos. Es tut mir so unendlich leid."

„Das braucht es nicht, ich bin darüber hinweg", sagt sie und küsst mich.

„Darf ich fragen… war da mehr zwischen Edda und dir? Oder war es eine reine Freundschaft?" Ich fürchte eine Grenze mit dieser Frage überschritten zu haben, doch Mia antworte völlig unverhüllt.

„Oh nein, da lief mehr, sie war mein erster Kuss, durch sie hatte ich gemerkt, dass ich Mädchen interessanter als Jungs finde."

„Sie auch?"

„Weiß nicht, kann schon sein. Wir haben nie wirklich drüber gesprochen."

„Hättest du sie gerne als erste Freundin gehabt? Also, als Partnerin meine ich?"

„Wahrscheinlich. Ja, denke schon, sie war meine ganze Kindheit und dann auch die Jugend. Jeder in meinem Umfeld hatte den ersten Freund, die erste Jugendliebe und ich hatte eben Edda. Oder auch nicht."

Ich schweige. Edda hat Mia das Herz gebrochen. Wie kann man jemandem wie *ihr* mit Absicht schaden? Mia, meine Perfektion in Menschenform.

„Was denkst du?", fragt sie mich verunsichert, wahrscheinlich hatte sie Angst, dass sie zu viel erzählt hatte.

Ich will es wissen. Alles. Aber kennt ihr das, wenn ihr euch Informationen einholt, die euch brennend interessieren, ihr aber im

Nachhinein so ein Kopfkino habt, dass ihr euch wünscht, gewisse Informationen niemals erhalten zu haben?

„Ich frage mich, wie man jemanden wie dich so arg verletzen kann. Ich finde dich toll", sage ich nur, weil ich ein „Ich liebe dich" nicht über die Lippen bringen kann. Nicht weil ich es nicht so meine, sondern weil ich Angst habe, dass es für Mia a) zu schnell ist und b) lächerlich wirkt. Wird es sie zurückstoßen? Wird sie denken, dass man nach wenigen Wochen das Wort „Liebe" noch nicht in diesem Kontext verwenden kann? Ich weiß es nicht. Deswegen lass ich es. Doch das erste Mal im Leben spüre ich diese Worte förmlich: „Ich liebe dich." Seit diesem Tag liebe ich Mia.

„Siehst du diese Frau da hinten?" Mia zeigt unauffällig auf eine Dame, die mit anderen Frauen ebenfalls Getränke in der Sonne zu genießen scheint.

„Das ist die Mutter von Theresa, einer Schulkameradin von mir."

„Was? Oh Gott, sie hat gesehen, dass wir uns küssen, ist das schlimm?", frage ich verunsichert. Natürlich schämen wir uns nicht füreinander, aber man weiß auch heute einfach nicht, wie eine gleichgeschlechtliche Beziehung ankommt, vor allem bei erwachsenen Menschen.

„Das ist mir egal", sagt Mia verträumt und küsst mich gerade ein weiteres Mal.

Ich nahm das Kissen runter von meinem Gesicht und starrte fassungslos an die Decke.

Ja, von *dieser* Edda sprachen wir!

Und das war mein Ersatz, ernsthaft?

Was, weil sie sich plötzlich so arg geändert hatte?

Mir schossen wieder Jess Worte in den Kopf „Sie hat schon längst die nächste Flamme und du sitzt hier und zerbröselst dir den Kopf."

Sie hatte mich einfach vergessen. Liegen lassen, wie Edda sie im Kaufladen.

War sie je über Edda hinweg?

Hat Mia mich wirklich als *mich* gesehen oder hat sie nur Edda in mir gesucht?

War der Abend mit ihr ein Eifersuchtsmanöver, ein Racheplan oder ein Aufblühen einer alten Liebe?

Ich musste mehr erfahren, weshalb ich mich auch die ganze Nacht auf verschiedensten Suchmaschinen im Internet rumtrieb.

Meine stundenlange Forschung war erfolgreich und enthüllte mir ein paar Eckdaten: Edda war mittlerweile 16 und sie schien wieder regelmäßig im Stall zu sein. Schön für sie. Ich sah viele Bilder von Edda in Aktion – sie machte Leichtathletik und zugegeben, sie schien verdammt gut darin zu sein. Eddas Eltern trennten sich, als sie wohl noch sehr jung war, sie war das jüngste Kind einer fünfköpfigen Familie und trug wahrscheinlich den unsichtbaren Titel des „Lass uns noch ein Kind kriegen, um unsere Ehe zu retten"-Versuchs, was dann doch scheiterte.

Ihr ältester Bruder, Ajdin, studierte in Oxford, England. Naturwissenschaften, so wie es aussah. Frag den Geier, warum er das in England machen musste.

Ob Edda vielleicht nachzieht? Ich hatte es ihr (mir) gewünscht.

Die guten Neuigkeiten des Abends: Sie wohnte nach wie vor weit weg, eine Fernbeziehung wäre somit anstrengend. Edda hatte sich schonmal wie ein Arsch verhalten, nur eine Kleinigkeit würde reichen, um Mia nochmal die Augen zu öffnen.

Die schlechten Neuigkeiten: Sie war verdammt hübsch und ja, optisch passen sie gut zusammen. Grundsätzlich entsprach sie zwar meinem Typ (dunkle Haare, helle Augen, Sommersprossen), aber mein Gott Leute, sie sah aus, als sei sie gerade aus einem Instagram-Reel entsprungen. Die Stupsnase, die so nur von Gott oder einem erfolgreichen Chirurgen geformt werden konnte, der Teint auf ihrer Haut. Ich wollte gar nicht mehr drüber nachdenken.

Ich spürte mein Herz rasen, mein Atem wurde immer schneller, als ich Situationen von Mia und mir ins Gedächtnis rief. Wie nannte Papa das gleich nochmal? Panikattacke?

Ich bekam fürchterliche Angst und ich spürte, dass ich wieder mehr einatmete als ich ausatmete. Ich sprang auf, öffnete das Fenster und dachte an die Atemübungen, die mein Vater mir am Strand gezeigt hatte.

Tief einatmen.

Tief und langsam ausatmen.

Ich werde nicht sterben, erinnerte ich mich.

Nochmal.

Einatmen.

Ausatmen.

Weiter.

Das ist nicht das Ende, redete ich mir ein, ohne zu wissen, ob es stimmte.

Einatmen.

Ausatmen.

Es kam mir vor wie Stunden, die Angst zu ersticken. Sofern ich jedoch meiner Wanduhr trauen konnte, ging das ganze nur ein paar Minuten.

Ich legte mich hin und schlief erschöpft ein.

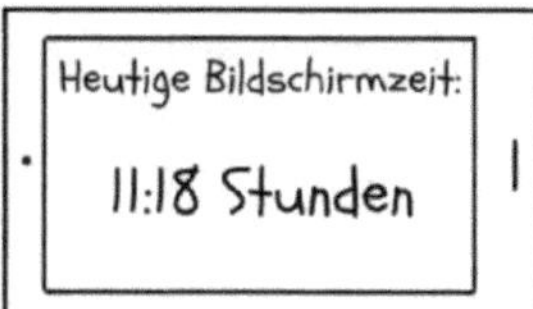

20 Falls wir jemals...

...wieder aufeinandertreffen sollten und das ganze Leid vergessen ist, kann

ich es kaum erwarten, dir von all dem zu erzählen.

All das, was ich für dich tue. Für uns. Für unser Glück.

Ich liege in meinem Bett und mein Handy auf meinem Bauch.

So fühle ich mich verbunden zu dir.

Meine Augen brennen und mein Nacken schmerzt.

Ich bin total fertig und meine Energie geht mir aus.

05:06 Uhr.

Der Mond reflektiert das Sonnenlicht vom anderen Ende der Welt,

gibt mir die Sicht auf die Konturen der Gegenstände in meinem Zimmer

Alles wirkt dunkelblau und grau

Trist. Allein. Und kalt.

Das Zimmer, das für mich schon als Liebeswolke, Käfig und Friedhof galt.

Falls wir jemals wieder zueinander finden, möchte ich dir davon erzählen.

Die endlose Zeit, die ich allein mit mir verbracht habe,

die Erinnerungen und Bilder, die nicht aufhören mich zu quälen.

Die Nachrichten, am Morgen, am Abend, in der Nacht,

unsere Harmonie, dein Lachen, mein Lächeln, unsere Kraft,

ich kann es noch alles aufzählen.

Und wären wir nie gewesen, würde mir etwas Unbekanntes fehlen, wahrscheinlich beim Namen, „die Verwandtschaft unserer Seelen"

Falls wir uns jemals wieder in die Augen sehen, möchte ich dir davon

erzählen…

„…dass ich nie den Glauben an uns verloren habe."

„Und ich bin dir so dankbar dafür", sagt sie, während sie mir einen

zärtlichen Kuss auf den Mund drückt.

„Ich verlasse dich nie wieder", flüstert sie mir ins Ohr.

Ich spüre wie ihre Haare in mein Gesicht fallen und ich liebe jede

Sekunde davon. Das weißblonde Haar, das meine Wange zärtlich

kitzelt. Der Geruch ihrer Tagescreme, die sie vergebens im Kiosk

nebenan kaufen wollte.

Ihr blumiger, süßlicher Geruch.

„Du hast mir so gefehlt."

Mia lässt ihren Kopf in mein Nacken fallen und ich spüre ihren zarten

Atem auf meiner Haut. Warm, feucht, regelmäßig, wohlig.

Wir liegen in meinem Bett, nicht jedoch in meinem Zimmer.

Alles ist so hell und wir sind umgeben von Wolken, einer Leichtigkeit

und Zufriedenheit.

Wie schweben. In unserer Welt, in meinem Kopf.

Ich hoffe nächtlich von dir zu träumen,

um die Zeit zu überbrücken, um mein Leid aus dem Weg zu räumen

Für einen Moment ist alles wieder da

Ist alles wieder heil

Und alles hat sich gelohnt

Ich wünsche mir so sehr, dass wir uns jemals wieder sehen.

Damit ich davon kann erzählen.

21 Ich musste mich verdoppeln

„Nein, dadurch, dass das Glasfaserkabel aus Quarzsand besteht-"

Wen interessierte das überhaupt noch? Hatte ich Glasfaserkabel je in meinem Leben gebraucht? Wohl kaum. Also, ja, das schnelle Internet an sich schon, danke an die Person, die es erfunden hat, *by the way.* Aber der Rest? Interessierte es mich wirklich, in welchem Winkel das Licht geleitet wurde? Physik hatte sich eigentlich nur in der siebten Klasse als sinnvoll erwiesen, jedenfalls war meine maximale Kapazität mit der Unterrichtseinheit Optik schon erreicht. Stattdessen durfte ich Frau Schauenbrausch noch weitere drei Jahre lang zuhören.

Ich schaute mich um und sah, wie Leonies Augen schon zufielen. Konnte ich ihr nicht verübeln.

Frau Schauenbrausch war circa Mitte 50 und konnte absolut nichts mit uns anfangen. Ich fragte mich immer wieder: Wie kamen solche Menschen zum Lehramt?

Null Empathie, geschweige denn Sympathie. Sie war eine dieser Lehrkräfte, die uns hoch und heilig versicherte, in ihren 25 Jahren Berufserfahrung noch nie gefehlt zu haben. Leider Gottes schien dies auch zu stimmen, denn bis zu diesem Zeitpunkt durften wir noch nie in den Genuss kommen, einen Entfall der Physikstunde zu erleben.

„Frau Schauenbrausch, was ich noch nicht richtig verstanden habe, ist, ob die Totalreflexion wirklich unendlich ist?"

Ach Sonja, ich war mir sicher, dass du es richtig verstanden hattest. Wenn die Schule nicht so stinkelangweilig gewesen wäre, hätte ich zumindest eine regelmäßige Ablenkung zu all dem Mia-Drama gehabt. Fehlanzeige.

Um ehrlich zu sein, konnte ich es immer noch kaum glauben, dass sie mich so versetzt hatte. Wie könnte ich jemals jemandem wieder so nahe sein, wie ihr? Meiner Seelenverwandten. Es versuchen? Uns vergessen? Es gelang mir nicht. Ich wollte es auch nicht. Ich drückte meine Finger in meine Handinnenfläche und presste meine Fingernägel, soweit es ging in meine Haut, um mich regulieren zu können. Meine Gedanken wanderten wieder zu heute Nacht… von Mia zu träumen machte mich wahnsinnig. Einerseits liebte ich es von ihr zu träumen, da sich die Träume so unfassbar realistisch anfühlten. In diesen Momenten war sie da und der Schmerz war weg. Andererseits tat es nach dem Aufwachen noch mehr weh. Manchmal wünschte ich, ich hätte nur noch schlafen können, aber ich hätte zu viel auf Instagram verpassen können. Ich hatte mal ein Zitat gesehen, das mir nicht mehr aus dem Kopf ging „Schlafen ist wie tot sein, nur dass keiner traurig ist." Das fühlte ich sehr. Doch auch das konnte ich mir nicht leisten, denn sonst hätte ich zu viel auf Instagram verpassen können.

Um Mia nicht nur in meinen Träumen nahe zu bleiben, benötigte ich weiterhin einen Einblick in ihr Leben und komischerweise aktualisierte sie seit gestern ihre Stories plötzlich mit banalen Inhalten wie Essen, Liedern, Pferden schon fast mehrmals die Stunde. Als ob sie es wirklich von mir eingefordert hätte, ihre Stories regelmäßig zu verfolgen.

„Frau Schauenbrausch, dürfte ich bitte auf Toilette?", brach es aus mir aus, während ich mich meldete.

„Oh, Alessa. Ich dachte mir schon, dass bei der Meldung nicht viel bei rumkommt. Aber ja, geh ruhig."

Danke für die Blumen.

Hastig rannte ich zum Mädchenklo, mein Herz raste. Nur noch wenige Sekunden, bis ich wieder etwas Neues von Mia erfahren würde.

Ich schloss die Toilettenkabine ab und holte mein Handy aus der Hosentasche. Mein Herz hämmerte wie verrückt und ich fing an zu zittern. Ich wollte sehen, was es Neues gab, dann würde ich auch endlich meine Spannung loswerden.

Ich öffnete die App, klickte auf ihren Account und tada, da war es.

Oder auch nicht...

Mias Profil war geöffnet und ich sah keine Aktualisierungen. Alle Stories, die hochgeladen wurden, waren schon eine Stunde alt. Ich ging reflexartig auf Eddas Profil, das ich die ganze Nacht auseinander klabustert hatte.

Eine neue Story. Da hatten wir es doch, das war die Nacht zuvor noch nicht da.

Verdammt, die konnte ich wohl kaum mit meinem privaten Profil sehen, sonst würde sie sehen, dass ich ihr Profil durchforstete. Und offiziell wusste ich natürlich von gar nichts. Ruhig bleiben, einatmen. Jetzt nicht die Krise kriegen, redete ich mir selbst ein. Ich lehnte mich gegen die Toilettenkabine und schloss kurz meine Augen.

Was mach ich nur, was mach ich nur..., fragte ich mich immer wieder.

Gedankenblitz!

Es wurde Zeit für ein Fakeprofil. Ich hatte so etwas zwar immer scharf verurteilt, aber das wollte und konnte ich mir nicht mehr entgehen lassen. Ich packte mein Handy wieder in die Hosentasche und rannte zurück zum Physikraum.

***

Da hatten wir's doch, ein neues sauberes Profil. Ich war online neuerdings Lea mit blonden lockigen Haaren bis zur Schulter und großen blauen Kulleraugen. Fragt mich nicht, wer diese Person wirklich war, ich hatte das Bild irgendwo im Netz ausgegraben und verwendete es einfach, nach dem Motto: wird schon keiner merken.

Ich behauptete mal, Lea war 15. Passt. Sie liebte Pferde? Ja. Ja, das tat sie. Sonnenuntergänge und Hundefotos ließen sich auch in ihrem Profil finden, ebenso ein paar literarische Klassiker. Perfekt. Das reichte so.

Ich folgte gleich ein paar verschiedene Personen, die mir vorgeschlagen wurden, unter anderem Personen des öffentlichen Lebens. Edda folgte ich auch, selbstverständlich. Nicht aber Mia, das wäre zu auffällig. Hierfür hatte ich immer noch mein echtes Profil. *Na, Edda, her mit deinen Stories*, dachte ich freudig.

Heutige Bildschirmzeit:

10:38 Stunden

22 Dir ganz nahe

Ich hatte mich nach mehreren Tagen vom Edda-Mia-Schock erholt. Es war mittlerweile Anfang März. Mehrere Tage, die ich sinnvoll genutzt hatte.

Ich hatte meine „Wie kriege ich SIE zurück"-Checkliste fast komplett durch!

Es folgten tägliche Stories mit Mias aktuellen Lieblingssongs. Einige fand ich selbst unmöglich, aber immerhin ging es ja nicht um mich.

Ich hatte zugesehen regelmäßiges Videomaterial aus dem Training zu bekommen, welches ich posten konnte, wo wir schon wieder bei Punkt 1 wären und irgendwie auch bei Punkt 3.

Ich trug Sachen, die sie liebte. Und auch das musste ich selbstverständlich mit ihr teilen. Um ehrlich zu sein war es mir sowas von egal, wer meine Stories sah, solange ihr Name unter den Gesehenen zu finden war. Es fühlte sich an wie eine Kommunikation zwischen ihr und mir.

Denn wie schon erwartet: Sie übersprang keine einzige Story von mir.

Die letzten Tage fühlten sich einfach erfolgreich für mich an: Ich wurde gesehen und gehört.

Oh, und ich... ich sah und hörte auch. Gott sei Dank posteten die Mädels ununterbrochen. Bei Edda hätte ich mir das Liebesgespann zwischen den beiden noch einigermaßen vorstellen können, aufgrund des schlechten Gewissens. Gegönnt hatte ich es ihr aber nicht, aber bei Mia...was dieses Mädchen nicht alles machte, um mich eifersüchtig zu machen. Und es funktionierte! Das musste ich ihr echt lassen. Ich glaubte aber keine Sekunde, dass sie es mit Edda plötzlich ernst meinte. Oder? Oder wie seht ihr das? Wieso sollte sie zurück zu einem Mädchen gehen, das sie so gedemütigt hatte? Richtig! Machte keinen Sinn. War nicht so.

Ich schaffte es trotzdem kaum, mein Handy aus der Hand zu legen. Im Unterricht hatte ich mein Handy auf Vibration gestellt, für den Fall der Fälle. Zuhause und nachts war es auf laut gestellt, falls ich nachts doch einschlief. Beim Sport, naja, sagen wir mal so, mittlerweile hatte ich genügend Material aus der Eishalle für Instagram geliefert, ich hatte nun bessere Dinge im Kopf und konnte es mir nicht leisten, etwas zu verpassen! Also ging ich nicht mehr hin. Immerhin hatte ich nicht nur Mia im Blick, sondern auch Edda. Es könnte von beiden jederzeit neue Stories kommen, neue Bilder hochgeladen werden, es könnte sogar eine Nachricht von Mia kommen! Sobald mein Handy aufleuchtete, hatte ich das Gefühl, dass mein Herz kurz aussetzten würde. Bisher erwarteten mich zwar immer nur Nachrichten wie:

`Hi, Mäuschen, was magst du heute Abend essen? Kussi, Mama`

`Hey guuurl, wollen wir uns die Woche nochmal treffen? Jess`

`Alessa, Doria hier. Du kommen häufiger zum Training!! Müssen für Wettkampf mehr üben und brauchen neue Video für Website!!`

Aber ich war mir sicher, dass sich mein Warten lohnen würde. Für einen anderen Ausgang unserer Liebesgeschichte war ich weder offen noch darauf vorbereitet. Und Mia sicherlich auch nicht.

„Wieso stellst du nicht einfach eine Benachrichtigung ein?"

Ich schreckte hoch und versteckte das Handy schlagartig unter meinen Oberschenkeln, sodass ich praktisch drauf saß. Wie lange hatte mich Ann-Katrin schon beobachtet?

„Mach dich locker, ich habe einfach nur gemerkt, dass du ständig auf dem einen Profil bist. Hübsch ist sie, muss man ihr lassen. Wer ist sie?"

Dass Ann-Katrin auch nicht sonderlich an Mathematik interessiert war, dachte ich mir, aber dass sie mich die letzten Mathestunden so beobachten konnte, ohne dass ich es merkte?

Creepy…

„Ach, nicht wichtig."

Ich versuchte „aufmerksam" dem Matheunterricht zu folgen, aber Ann-Katrins Spruch ließ mich einfach nicht locker.

„Du, was meintest du mit den Benachrichtigungen?", flüsterte ich ihr nach ein paar Minuten zu.

„Geh' auf das jeweilige Profil und du kannst eine kleine Glocke aktivieren, so erhältst du jedes Mal eine Benachrichtigung, wenn eine Story hochgeladen wird oder irgendwelche Änderungen auf dem Profil vorgenommen werden."

Ich hatte es hier mit einem Profi zu tun!

Ann-Katrin und ich könnten vom Optischen her nicht unterschiedlicher sein. Ihre langen dichten Wimpern waren aus meterweiter Entfernung zu sehen, so wie ihr perfekter Eyeliner. Ihr Style war eher aufreizend, dennoch durchdacht. Ihre schwarze Haarmähne war immer top frisiert und sie wusste ganz genau, was sie machte und wie sie auf Menschen wirkte. Das konnte ich von mir selbst nicht behaupten.

„Danke dir!", flüsterte ich zurück.

23 Ich sah dich wieder

Wir alle haben einen Tag in der Woche, den wir von Grund auf hassen. Meiner war schon immer der Donnerstag. Wobei – bei den besonderen Umständen, wusste ich ganz genau wieso. Jeden Donnerstag verließ ich nämlich die Schule erst um 18:15 Uhr, also nach dem Sonnenuntergang. Das war wohl der Nachteil an den Übergangsmonaten: Du verlässt das Haus, es ist noch dunkel, du kommst nach Hause, es wird dunkel. Somit stand ich, wie an dem Morgen auch, an der dunklen Bushaltestelle und wartete auf den 59er-Bus, der mich einfach nur schnell nach Hause bringen sollte. Nur, dass ich allein an der Haltestelle in der Dunkelheit stand, ich hasste es.

Dieser Schultag war eher so semi-erfolgreich. Durch die Interaktion mit Ann-Katrin wurde ich zwar dazu gebracht meine Benachrichtigungen einzustellen, aber wirklich geholfen, hatte es nicht. Mias Stories hingen nicht miteinander zusammen und ich hatte keine sonderbaren Neuigkeiten. Meine Gedanken wurden von einem bekannten Ton unterbrochen. Ich griff hastig in meine Hosentasche und entsperrte mein Handy.

Mia hat eine neue Story hochgeladen.

Wie ferngesteuert öffnete ich die Story und sah, dass Mia offensichtlich zuhause sein musste. Klar, es war Donnerstag, sie war allein zuhause, da ihre Eltern wie jeden Donnerstagabend bis 22 Uhr beim Bowlen waren. Noch gelang es mir, mir ein Bild von ihrem Wochenablauf zu machen, schon bald änderten sich jedoch Stundenpläne, Sportpläne etc. und mir würden all diese Infos fehlen. In der Story hielt sie eine ihrer Lieblings-DVDs mit komischen Kreaturen in die Kamera und einem Titel, der mir unbekannt war. Ich konnte dem Fantasy-Horror Genre nie viel abgewinnen, aber was tat man nicht alles, um zu beeindrucken?

So sollte der Tag immer enden ☺.

Im Hintergrund erkannte ich die schwarze Ledercouch aus ihrem Wohnzimmer und den selbstgeflochtenen Teppich, den ihre Eltern aus Kanada hatten einfliegen lassen. Ich begann nicht nur sie zu vermissen, sondern auch die gewohnte Umgebung, die wir gehabt hatten. Ja, mir fehlte das Haus. Es fehlte mir dort abzuhängen, mit ihrer Mom zu quatschen und unser kleines Versteckspiel vor anderen Menschen. Kennt ihr das, wenn es sich irgendwann nicht mehr nur um die Person handelt, die man vermisst, sondern einfach auch um das Leben, das man miteinander geteilt hat?

Je länger ich die Story begutachtete, desto eher wollte ich einfach in ihrer Nähe sein. Ich konnte es kaum erwarten, sie eines Tages wiederzusehen und war gespannt zu erfahren, wann es sein würde, wie und wo. Und vor allem, wie wir zueinanderstehen würden. Würden wir ein Treffen planen oder uns durch Zufall irgendwo begegnen? Würden wir uns begrüßen? Würden wir uns ignorieren und so tun, als hätte es uns nie gegeben? Ging es Mia auch so? Ging es jeder Person so, die Liebeskummer hatte? Falls nein, dann war ich der Meinung, dass Ann-Katrin mir eventuell ähnlicher sein könnte, als ich zunächst dachte. Immerhin hatte sie mich die ganzen letzten Mathestunden beobachtet, ohne dass ich es gemerkt hatte. Sie wusste, was ich machte und wieso. Und das Verrückteste: Ich hatte rein gar nichts gemerkt und irgendwie beeindruckte es mich.

„Hey Kleines, steigst du ein oder was ist?"

Während ich aufblickte, sah ich, wie der 73er-Bus bereits mit geöffneten Türen vor mir stand. Der Busfahrer schaute mich erwartungsvoll an. Der Gestank des Auspuffs stieg mir in die Nase.

„Hallo! Was ist jetzt?"

Im Hintergrund sah ich den 68er-Bus auf die Haltestelle zufahren, der rein zufällig auch zu Mias Straße fuhr.

„Danke, nein, ich nehme den 68er", sagte ich entschlossen.

***

„Endstation, bitte aussteigen."

Ich stieg aus dem Bus und war voller Adrenalin. Mein Herz pochte und meine Hände wurden wieder zittrig. Ich wollte ja nicht lange bleiben, ich wollte sie nur kurz sehen. Die Straße entlang, auf der rechten Seite Richtung Meer, dort stand schon das Haus. Verdammt, was mache ich, wenn Mia plötzlich den Müll rausbringt? Oder mich durch irgendeinen Zufall entdeckt? fragte ich mich. Ich beschloss, am Strand entlangzulaufen, hier war die Wahrscheinlichkeit gesehen zu werden am geringsten, auch wenn es super windig war. Typischer Frühling in Kiel halt. Ich arbeitete mich zum Hintergarten vor. Es war gar nicht mal so leicht, bei dieser Abendkälte durch den Sand zu stolpern.

Von Weitem war bereits zu erkennen, dass das Wohnzimmerlicht leuchtete. Im Flur war wahrscheinlich die Salzsteinlampe an, die das gedimmte gelbe Licht ausstrahlte. Mia hasste absolute Dunkelheit, sie fürchtete sich ab und an vor Geistern, weshalb ihre Sucht nach Horrorfilmen für mich absolut keinen Sinn machte! Mia und ich hatten endlose Diskussion darüber und im Endeffekt ließ sich weder die Existenz noch die Nichtexistenz von Geistern beweisen. Meine Meinung dazu änderte sich sowieso täglich.

Der Gedanke Mia in wenigen Sekunden sehen zu können, quälte und erfüllte mich gleichzeitig mit Freude. Ich beschloss außerhalb des Grundstückes zu bleiben. Ich stand hinter dem Garten und schob vorsichtig ein paar Zweige der Buchsbäume, die als Sichtschutz galten, bei Seite und da saß sie. Mir blieb der Atem weg und für eine Sekunde hatte ich das Gefühl ohnmächtig zu werden.

Ruhig atmen Alessa, Mia kann dich jetzt unmöglich luftschnappend im Garten finden, wie einen unter Drogen gesetzten Hasen, rede ich mir selbst ein. Ich drückte meine Finger in meine Handinnenfläche und presste meine Fingernägel, soweit es ging in meine Haut, um mich regulieren zu können. Das Wohnzimmer war hell beleuchtet und Mia saß in der Mitte des Raums auf dem geflochtenen, beigen Teppich vor dem Wohnzimmertisch aus Glas. Es sah so aus, als hätte sie gerade gezeichnet oder Hausaufgaben gemacht. Im Fernseher lief, anscheinend der Film mit den komischen Grimassen aus ihrer Story, dem sie keine großartige Achtung schenkte. Ihre glatten weißblonden Haare fielen zu Boden, sie trug ihren rosa Pyjama und war konzentriert über den Tisch gebeugt. Ich liebte es, dass sie einerseits im Geschmack so dunkel sein und zeitgleich alle Klischees eines 15-jährigen Cis-Mädchens erfüllen konnte. Von der Ferne gelang es mir festzustellen, dass sich im Haus nicht viel geändert hatte. Es beruhigte mich auf eine Art und Weise. Die hellen Hochglanzfliesen standen immer noch im Kontrast zu den walnussbraunen Holzschränken, die als Ablage für Urlaubsfotos und alte Briefe dienten. Das Gemälde des Römischen Reichs von Thomas Cole hing nach wie vor über der Vitrine. Hinter der Couch stand unverändert das Regal mit allen DVDs, die Mia mit ihrem Vater über die Jahre gesammelt hatte.

„Such dir was aus und wir schauen, was immer du möchtest!" Mit ihren Blicken verweist sie auf das Regal mit den DVDs.

Anfang Dezember, nur ein paar Wochen her.

„Oh wow, doch so eine abwechslungsreiche Auswahl", scherze ich, da für mich alles gleich ausschaut. Mia sitzt auf der Couch und ich sitze auf ihr, sodass wir uns direkt in die Augen schauen können, was wir aber nicht tun. Immerhin habe ich einen Auftrag. Ihre Hände an meine Taille, während ich weiter im Regal hinter ihr nach DVDs stöbere und mich kaum entscheiden kann. Um ehrlich zu sein, es sieht alles gleich uninteressant aus, aber das werde ich ihr mit Sicherheit so nicht sagen.

„Hmm, wie wäre es mit diesem Film? Der schaut doch gut aus."

„Langweilig, alle sterben am Ende."

Ich ziehe einen weiteren willkürlich aus dem Regal.

„Und der? Mega-Cover!"

„Nur halb so interessant wie du."

Sie gibt mir einen Kuss auf die Wange.

Ich gebe ihr einen Kuss auf die Wange.

Unsere Blicke treffen sich und wir verschmelzen ein weiteres Mal in einem Kuss.

„Wolltest du nicht unbedingt heute einen Film schauen?", unterbreche ich unseren Kuss scherzend.

„Wir sind doch schon der schönste Film", flüstert sie mir ins Ohr.

Ich sprang auf, während mein Handy in der Hosentasche laut bimmelte.

Eingehender Anruf von Mamii

Ich drückte sie weg und eilte sofort zurück Richtung Bushaltestelle. *Verdammt, ich hätte auffliegen können,* ärgerte ich mich. Was ruft meine Mutter auch ausgerechnet jetzt an? Wenn mich Mia oder jemand anderes erwischt hätte… ich möchte gar nicht dran denken! Ich würde wahrscheinlich wie eine Wahnsinnige dastehen, die nichts Besseres zu tun hat, als Donnerstagabends eine Verflossene zu stalken.

Beim Beantworten der Textnachricht meiner Mutter bemerkte ich, dass meine Handflächen blutverschmiert waren. *Nicht schon wieder,* dachte ich mir, *anscheinend habe ich meine Fingernägel zu lange in meine Handflächen gedrückt.*

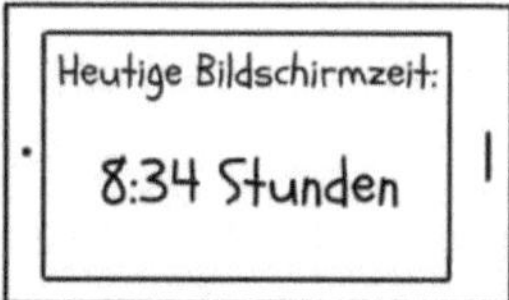

24 Ich hasste euch

Meine Mutter reagierte wegen der Verspätung total dramatisch. Ich sagte ihr, dass ich aufgrund meiner Physiknote noch länger mit Frau Schauenbrausch im Gespräch gewesen war und ich somit den Bus verpasst hatte, womit ich sie im Endeffekt besänftigen konnte. Im Training war ich nicht mehr, aus „schulischen Gründen" versteht sich.

Wie jeden Freitag langweilte ich mich zu Tode im Biounterricht. Wenn wenigstens Jess oder Gagi dieselbe Schule wie ich besuchen würden, träumte ich in Gedanken. Ich kaute langsam auf dem Ende meines Kugelschreibers rum, was, zugegeben, sehr unhygienisch war, sowie schlecht für die Zähne. Irgendwie musste ich aber meine Nervosität kontrollieren.

Währenddessen skizzierte Herr Ziegler aufwändige Abläufe an die Tafel und ich hätte diese mittlerweile nicht mal mehr thematisch zuordnen können. Ich dachte immer der Biounterricht sei so lebensnah und man würde wenigstens verstehen, um was es ging – Fehlanzeige. Alles komplizierter als ich dachte. Konnte es sein, dass ich das mit zunehmendem Lebensalter auf fast alles bezog?

Ich schaute mich um, alle kritzelten seine Zeichnungen mit ab und verwendeten bunte Stifte. Warum so fleißig?

Sogar Ivi versuchte sich gezwungenermaßen mitreißen zu lassen, doch statt der bunten Farben kritzelte sie alles mit einem Kugelschreiber in ihr Heft, was für ihren Motivationszustand in Bio schon gut war. Wenn das Herr Ziegler gesehen hätte.

Ich spürte mein Handy in der Hosentasche und ein Gefühl der Sicherheit überkam mich. Viereckig und robust, nicht zu groß und zeitgleich auch nicht zu klein, um mir das zu bieten, was ich brauchte. Ich biss etwas fester auf meinen Kugelschreiber.

Ein Blick auf die Wanduhr verriet mir, dass mein Toilettengang erst sechs Minuten her war. Wie konnte das sein? Es kam mir vor wie eine Ewigkeit. Ich konnte unmöglich erneut um Erlaubnis fragen. Jeder wäre automatisch davon ausgegangen, dass ich diese Zeit als inoffizielle Handyzeit nutzen würde, was per se auch nicht inkorrekt gewesen wäre.

Herr Ziegler hasste Handys, das betonte er jedes Mal.

„Kinder, unterschätzt bitte nicht die Strahlen! Beim Schlafen das Gerät bitte ausschalten und weit weglegen. Euer Körper braucht eine Auszeit!" Er klang schon wie meine Mutter.

Wenn ich mir sein privates Leben hätte vorstellen müssen, dann hätte ich wahrscheinlich eine bescheidene Wohnung mit Holzpanelen und einen Röhrenfernseher vor mir gesehen, den er vorm Schlafengehen aussteckt. Nur um auf Nummer sicher zu gehen. Weshalb auch immer.

Noch 18 Minuten dann war es endlich so weit und das Wochenende würde starten. Mia hätte schon zuhause sein müssen, denn freitags hatte ihre Schule immer einen *mental health day*. Hätte mir auch mal ganz gutgetan. Stattdessen war es meiner Schule total egal welchen Leidensdruck wir hatten. Deswegen sah ich zu, mir selbst meine verdienten Pausen einzuteilen. Die Vibration meines Handys signalisierte mir, dass es was Neues gab. Endlich! Ich ließ meinen Kugelschreiber langsam auf dem Tisch nieder, wendete meinen Blick nicht von Herr Ziegler ab und griff zum selben Augenblick in meine Hosentasche. Ich tippte mein Passwort blind ein und schaffte es noch die App zu öffnen, was ich schnell bereute.

Ein Selfie von Mia und Edda grinsend und sichtbar frierend am Strand. Edda war anscheinend in Kiel, sie würden also das Wochenende zusammen verbringen. Beide trugen schwarze Wollmützen und wenn ich mich nicht ganz getäuscht hatte, sogar die gleiche? Ich malte mir in meinem Kopf aus, dass sie sich die Mützen gemeinsam gekauft hatten und dabei überglücklich gewesen waren. Ich mochte das Foto nicht. Sie wirkten wie ein 40-jähriges Pärchen, das den Wanderurlaub genoss und alles ach so lustig fand. Es ist kalt! Hahaha! Es ist windig! Hahaha. Absolut unlustig und erbärmlich. Mia wusste immer, was Social Media würdig war und was nicht. Was war nur aus ihr geworden? Aber was erwartete ich, sie schien mir schon seit Tag X wie ein fremder Mensch. Ich musterte das Bild genauer…Mia trug die Felljacke vom Tag, an dem sie mich sitzen gelassen hatte. Ich weiß heute noch genau, was sie getragen hatte, was ich getragen hatte, auf welchem Pflasterstein wir standen.

„Handy?"

Ich wurde aus den Gedanken gerissen, als ich Herr Ziegel vor mir räuspernd auffand. Mit hoch gezogenen Augenbrauen und ausgestreckter Hand stand er erwartungsvoll vor mir.

Auf keinen Fall.

„Es tut mir leid, ich musste gerade nur meiner Mutter schnell antworten."

„Und das kann keine 15 Minuten warten? Handy her."

„Herr Ziegler, wirklich, es kommt nicht mehr vor, ich packe es weg, es tut mir leid."

„Alessa, bis drei. Eins-"

„Sonst was?" unterbrach ich ihn.

„Uuuh…", hörte ich von den Jungs aus der hintersten Reihe. Ich fühlte mich motiviert weiterzumachen.

Einige kicherten, andere schauten verwundert und geschockt. Wahrscheinlich hätte niemand diese Art von Reaktion von mir erwartet, da ich eher durch meine Schüchternheit und Höflichkeit Lehrkräften gegenüber auffiel. Mittlerweile schaute uns die ganze Klasse an und das aufwändige Abschreiben des Tafelbilds hatte sich wohl schlagartig erledigt.

„Diskutiere nicht sinnlos mit mir rum, sonst verbringen wir meinetwegen das ganze Wochenende noch hier", drohte mir Herr Ziegler, dessen Kopf schon ganz rot anlief. Ich mochte ihn eigentlich immer ganz gerne, aber wenn es um mein Handy ging, brannten bei mir die Sicherungen durch.

„Wirklich? Auf welcher Basis? Da der Schultag in nur wenigen Minuten endet ist ein Handyentzug über das Wochenende ein Eingriff in die Privatsphäre und nicht rechtens. Und ein Freiheitsentzug schon mal gar nicht. Das dürfen Sie nicht."

Ivis Mundklappe öffnete sich, als ob sie ein Alien gesehen hätte. Tatsächlich war das das erste Mal, dass ich sie beeindruckt sah. Darüber würde bald die ganze Schule sprechen. Ob sich meine mutige Durchsetzung auch bis zu Mias Schule durchsprechen würde?

„Mal schauen, was deine Eltern und die Schulleitung von deinen plötzlichen Jurakenntnissen halten. Der Unterricht ist beendet, ich habe ein wichtiges Gespräch zu führen." Seine Worte zischten aus seinen Zähnen und er schien den Mund beim Sprechen kaum noch zu öffnen. Herr Ziegler ließ den Blick nicht von mir, als ob ich eine Schwerverbrecherin gewesen wäre. In der Klasse herrschte eine sichtbare Verwirrung – Ally machte Stress und Herr Ziegler ließ uns ganze 15 Minuten früher gehen? *The drama is real*! Das war mir aber alles lieber, als mein Handy abzugeben.

„Du packst nicht zusammen, Fräulein", ermahnte er mich drohend mit gehobenem Zeigefinger.

Wortlos zog ich meine Bomberjacke an und rannte aus dem Klassenzimmer. Durch den Schulflur, direkt auf dem Schulhof, raus in die Freiheit.

***

Zuhause angekommen wurde ich von meinen Eltern am Esstisch in der Küche begrüßt. *Na, das geht schon mal gut los*, dachte ich mir.

„Hi Ally, setz dich", sagte mein Vater ernst.

Was war das, eine Intervention?

„Ehm, hey?" Ich ließ langsam mein Schulrucksack nieder.

„Wir haben einen Anruf von Herrn Ziegler erhalten. Willst du uns von etwas berichten?", fragte mich meine Mutter ruhig. Zugegeben, so niedergeschrieben klingen die Worte schon fast höflich und nett, aber glaubt mir, wenn ich euch sage, dass wieder ein brodelnder Vulkan wieder vor mir saß. Das erkannte ich sofort am feurigen Blick.

„Und? Was wird das?"

„So wie das die letzten Wochen gelaufen ist, geht es nicht mehr weiter und der Anruf von der Schule war jetzt wirklich die Krönung."

Ich war überrascht, wie kontrolliert meine Mutter wirkte, auch wenn ich wusste, was für eine Herausforderung das für eine so temperamentvolle Person sein musste. Sie versuchte ruhig zu atmen. Ein Blick auf die Küchenuhr verriet mir, dass mein Vater eigentlich erst in einer Stunde Feierabend gehabt hätte. War er extra für so ein Psychogespräch hergekommen?

„Du brauchts gar nicht auf die Uhr zu schauen, denn du gehst heute nirgendwo mehr hin. Und auch nicht morgen und schon mal gar nicht übermorgen."

Hausarrest, ernsthaft? Wie süß, war mir doch egal, ich ging eh kaum raus.

„Alessa, setz dich jetzt bitte, deine Mutter spricht gerade mit dir."

„Ja, ich höre doch zu", sagte ich kleinlaut. Wenn mein Vater ernst wurde, wusste ich, dass ich ein anderes Level erreicht hatte.

„Das soll auch keine Moralpredigt von uns an dich sein, sondern ein Austausch, ein Gespräch. Wir haben Sorgen, Fragen, Gedanken und wir suchen nach Antworten."

„Gut." Ich hörte mich selbst kaum. Mit verschränkten Armen nahm ich vor ihnen Platz und starrte das Obstkörbchen, das mitten auf dem Tisch stand, an.

„Du, ich weiß gar nicht wo ich anfangen soll."

Ich fragte mich, wo die Obstfliegen herkamen. Kamen sie irgendwo hergeflogen oder entstanden sie buchstäblich durch das Obst? Eine weitere Sache im Leben, die ich nicht verstand.

„Ich mach das schon", sagte meine Mutter, während sie ihre Hand auf seinen Oberschenkel ablegte.

„Launisch und temperamentvoll warst du schon immer und ich kann es dir nicht verübeln, der Apfel fällt nun mal nicht weit vom Stamm", sagte sie schmunzelnd, aber nicht lachend. Irgendwie…ironisch?

„Aber große Probleme hast du uns eigentlich nie bereitet."

„Nie", bestätigte mein Vater kopfschüttelnd. Bei genauerer Betrachtung merkte ich, dass mein Vater die letzten Monate echt gealtert war. Oder waren die Falten um seine Augen herum schon immer da gewesen?

„Bis vor Kurzem. Du bist immer abwesender, verbringst unfassbar viel Zeit mit deinem Handy", meine Mutter nutzte ihre Finger, um meine ganzen Fehlvergehen der letzten Wochen aufzuzählen.

„Ins Training gehst du auch nicht mehr, wirst grenzüberschreitend uns und deinen Lehrkräften gegenüber, du lügst." Ihr Blick durchbohrte meinen.

„Du lügst, Alessa. Angeblich hast du gestern mit Frau Schauenbrausch über deine Note gesprochen und kamst deshalb zu spät. Nur komisch, dass mir das keiner aus der Schule bestätigen konnte. Wo warst du gestern nach der Schule?"

„Kurz in der Eissporthalle, mit Doria spreche-"

„Lüge!" Meine Mutter haute mit der flachen Hand auf den Tisch. Das war's dann wohl mit der Nervenbewahrung.

„Wo warst du gestern Abend?", wiederholte sie.

„Ich-, das interessiert euch nicht! Ich habe auch eine Privatsphäre!", entgegnete ich scharf.

„Genau das meine ich! So kennen wir dich nicht und um ehrlich zu sein, wollen wir dich so auch nicht kennen. Dieses Verhalten war jetzt die längste Zeit."

„Ich war kurz bei Mia, okay? Danach bin ich Heim."

Einen Moment lang sagte niemand was. Das Ticken der Wanduhr wurde immer lauter.

„Das heißt? Hausarrest, oder was?", fragte ich.

„Damit wird es nicht getan sein, aber ja, auch Hausarrest", antwortete mein Vater und warf meine Mutter einen ermutigenden Blick zu.

„Ich habe das Gefühl, Mia hat dir nicht gutgetan. Seitdem ihr keinen Kontakt mehr habt, stehst du völlig neben dir. Willst du mir erzählen, was passiert ist?"

Sie wusste es.

„Du weißt es doch eh schon, also brauchen wir beide nicht so tun, als ob!"

Das werde ich ihm niemals verzeihen, schoss es mir durch den Kopf. Wie konnte er mein Geheimnis meiner Mutter verraten?

„Nun gut, dann überspringen wir die Einzelheiten. Ja, Liebeskummer ist scheiße Alessa, da mussten wir alle schonmal durch", begann sie.

„Es ist kein Liebeskummer!", wütete ich. Das Wort „Liebeskummer" klang so nach Kindergarten-Beziehungen.

„Das mit Mia war anders! Sie hat mich einfach allein gelassen und mit meinen Gefühlen gespielt. Sie hat mich komplett verarscht! Sie hat mich glauben lassen, dass sie mich ebenfalls liebt und mich dann schlagartig ersetzt!" Ich merkte wir mir die Tränen in die Augen schossen und sofort ihren Weg die Wange runter fanden.

„Mein Schatz... die erste Liebe tut immer weh. *Jede* Liebe tut weh." Meine Mutter schaute bemitleidend und streckte ihren Arm über den Tisch, in der Hoffnung, dass ich ihre Hand ergreifen würde. Aber ich konnte es nicht. Sie konnten mich einfach nicht verstehen. Niemand tat das. Und das machte mich einfach nur aggressiv.

„Nein, das ist anders", sagte ich schluchzend.

„Wir sind für dich da, Alessa. Jetzt wo wir beide es auch wissen, können wir besser auf dich eingehen. Trotzdem geht es so einfach nicht weiter, es wird Veränderungen geben. Du gibst jetzt bitte deine elektronischen Geräte ab", sagte meine Mutter und die Hand, die sich eben noch nach Liebkosung sehnte, wurde plötzlich fordernd.

„Das geht nicht! Wie stellt ihr euch das vor? Wir leben im 21. Jahrhundert, wir müssen Hausaufgaben mit dem Internet erledigen, recherchieren, Präsentationen erstellen-"

„Oh, wirklich? Weil du auch so ambitioniert bist in letzter Zeit? Nach meinem Gespräch mit der Schule kann ich dir hiermit garantieren, dass du in letzter Zeit keine Anforderung erfüllt hast, nicht mal im Geringsten und dass wir froh sein können, wenn du das Schuljahr im Sommer packst. Mit dem aktuellen Halbjahreszeugnis jedenfalls nicht."

„Abgesehen davon, für alle schulischen Aktivitäten darfst du dein Tablet in der Küche nutzen, wenn Mama oder ich dabei sind", ergänzte mein Vater.

„Handy her, den Rest hole ich gleich aus deinem Zimmer." Die Hand meiner Mutter lag unverändert an derselben Stelle.

„Sagt's doch gleich, also wegen Herr Ziegler, dem Arsch!" Ich griff an die Hosentasche und zog mein Handy raus.

„Merkst du was, Alessa?"

„Hörst du eigentlich, wie du sprichst? Mit welcher Respektlosigkeit? Du legst dein Handy jetzt auf den Tisch und dann schauen wir weiter."

Die Tränen kullerten nur so weiter. Ich hatte keine Kraft mehr, ein zweites Mal, um darum zu kämpfen, mein Handy zu behalten. Ich war einfach nur müde und kraftlos, die vorherigen Wochen raubten mir meine Kraft, meinen Sinn und meinen Verstand.

„Wie lange?" Ich wischte mir mit meinem Ärmel meine Wangen trocken.

„Wie lange muss ich es abgeben?"

„Das werden wir dann sehen."

„Ich hasse euch alle so sehr!"

Ich warf das Handy so stark auf den Tisch, dass es über die Tischkante auf den Boden fiel, stürmte in mein Zimmer und schlug die Tür zu. Wie konnten sie mir nur so in den Rücken fallen? Und vor allem: Was sollte ich jetzt die nächsten Wochen machen? Ich verlor Mia ein weiteres Mal. Mein Plan war komplett ruiniert.

Ich ließ mich auf mein Bett fallen, krallte mein Kissen und heulte, bis mir mein Gesicht und meine Lunge schmerzen.

Das Schlimmste nach meinen Heulattacken waren der Muskelkater und die Kopfschmerzen. Ich lebte schon bald sechs Tage ohne mein Handy und es war der absolute Horror. Meine Tagesroutine bestand mittlerweile aus Heulkrämpfen, Panikattacken und dem Warten, bis meine Eltern einschliefen. Dann konnte mein „Tag" beginnen, indem ich mich nachts in die Küche schlich und auf dem Handy meiner Mutter Instagram installierte, mich einloggte und meiner Routine nachging. Bisher war es niemandem aufgefallen und abgesehen davon, selbst schuld. Meine Mutter lud ihr Handy immer in der Küche, statt im Schlafzimmer, damit sie ohne Handystrahlung schlafen konnte. Es sei ja so ungesund. Was stimmt nicht mit Erwachsenen? Die vorherigen drei Nächte konnte ich gezwungenermaßen nur drei Stunden am Handy sein. Es dauerte eben seine Zeit, jede Nacht alle Apps runterzuladen, sich neu einzuloggen und anschließend sorgfältig Informationen auszuarbeiten. Nacht Nummer eins war etwas kritisch, denn gegen halb 2 Uhr nachts schien mein Vater den Weg aufs Klo zu suchen. Gott sei Dank hörte ich das Knarren der Tür rechtzeitig, sodass ich das Handy umgehend sperren und das Handylicht auslöschen konnte. Seitdem wartete ich immer seinen Toilettengang ab.

Was hatten mir meine nächtlichen Aktionen gebracht? Zugegeben, ich hatte keine nennenswerten Informationen über Mia und Edda herausfinden können. Ja, sie schienen zwar nach Eddas Abreise weiterhin in Kontakt zu stehen, markierten sich auf Memes und posteten ab und an Ausschnitte aus ihren Chatverläufen, aber mehr kam auch nicht zum Vorschein. So war das „leider" bei einer Fernbeziehung oder Fernfreundschaft, was das auch immer zwischen ihnen war. Ich hoffte auf das Letztere.

Weshalb ich trotz der wenigen Informationen meine obligatorischen drei Stunden pro Nacht am Handy verbrachte? Um meinen Akku aufzuladen. *Meinen* persönlichen Akku. Nicht am Handy zu sein brachte mich um meinen Verstand. Was machte man den ganzen Tag? In der Schule konnte ich mich sowieso nicht konzentrieren, ich lief rum, wie ein Zombie und zuhause langweilte ich mich wirklich bald zu Tode. Wenn ich es nicht gerade schaffte, mich mit dem Fernseher im Wohnzimmer abzulenken, spürte ich eine ständige Anspannung und Nervosität. Somit saß ich in der Regel spätestens ab 18 Uhr auf meinem Bett und die Ideen gingen mir aus. Meine Instagram-Fotowand würde ich sehr lange nicht mehr benutzen können.

Wofür auch? Es lohnte sich nicht mehr Fotos zu machen.

Wofür lag der Spiegel noch in der Ecke? Es war egal, wie ich aussah.

Was aus mir wurde.

Ich starrte mich an und erkannte mich seit Wochen selbst nicht mehr.

Mein Leben erschien mir nicht mehr sinnvoll.

Vor dem Spiegel sitzend betrachtete ich meine triste Gestalt und ließ meine Gedanken spielen.

Was verpasste ich? Welche neuen TikTok Trends waren am Siegen?

Welche neuen Pärchen waren sich am Lieben?

Gab es Stories, die Mia postete und nach zwei Stunden runternahm,

da sie ihr plötzlich zu peinlich und *oversharing* waren?

Wie lange würde es mir noch möglich sein, in der Schule über aktuelle Geschehnisse mitzusprechen?

Fragte ich mich, während ich damit kämpfte, nicht an der Angst zu zerbrechen.

Würden sie es merken, dass ich verschwand?

Verschollen war? Nicht da war?

Wie würden sie damit umgehen?

Mich wochen- und monatelang nicht zu sehen?

Das wahre Leben spielte sich auf Social Media ab, aus verschiedenen Gründen.

Wer, mit wem und wo, nur das galt es zu ergründen

Seit vier Tagen war ich aus dieser Welt verschwunden

Meiner perfekten Welt

Woraus bestand mein Leben noch?

Was machte es noch wertvoll?

Mia, welche Emotionen hattest du nur in mir ausgelöst?

Ich konnte es nicht, ich wollte es nicht

Ich brauchte doch mein Herzenslicht

Umso länger ich mir in die Augen starrte, verlor ich mich

Ich erkannte mich nicht

Das war ich?

Was genau war dieses „ich"?

Und warum war ausgerechnet ich es?

Ich hätte mich selbst nicht gewollt, wenn ich die Wahl gehabt hätte

Der Schmerz durch meine Nägel, die ich in meine Handfläche drückte

Gab mir Hoffnung die Kontrolle zu bewahren

ehe ich am Schmerz zerbrach

Der Spiegel zeigte mir eine Person, die ich einst gut kannte

Und lernte zu hassen

Ich starrte in meine Augen und es gelang mir nicht den Blick abzuwenden so musste ich ihn beenden

Mit der Faust in den Spiegel, umgeben von tausenden glitzernden Scherben

die mich erinnerten an Sterne

Während ich sie hörte, ihre hektischen Schritte,

blieb mir nicht viel Zeit sie zu überdenken, meine nächsten Schritte

Die Scherben am Boden sammelte ich hektisch in meinen Händen

Die Scherben in ihnen sehnten sich nach dem warmen Blut in meiner

Handfläche,

Mit denen ich befreit zusteche

Ich drückte die Fäuste zu

Fester

Der dunkelrote Saft meines Körpers floss über die Wunden und tropfte zu

Boden

Kennzeichnete meine inneren Episoden

Der Schmerz, meine Befreiung

Das Kreischen in meinen Ohren ließ mich vom Boden aufblicken

Die Ratlosigkeit in den Blicken meiner Mutter

Handtücher, Zewa, Kühlpacks um mich herum

In meiner Trance erschien ich taubstumm

Das Gefühl für die Zeit verloren

Schon bald im Krankenhaus umsorgt und geborgen

dass das nicht mehr passiert, konnte ich nicht schwören

Der Mann im weißen Kittel zeigte mir sein persönliches Hilfsmittel

„Darf ich Ihnen vorstellen, Frau Knittel!"

Ihr sollte gelingen meine Gedanken zu kontrollieren und eine Heilung meiner

angeblichen Erkrankung zu animieren.

Teil 2: ...und jetzt bin ich hier.

Heutige Bildschirmzeit:

0:00 Stunden

Tag 1

Frau Knittel: War das die ganze Story?

Alessa: Ja, so ziemlich.

Frau Knittel: Was denkst du, was sind die Kernpunkte, die wir uns nochmal genauer anschauen müssen in den nächsten Wochen?

Alessa: Ehm, keine Ahnung? Wahrscheinlich die letzte Geschichte, wie ich hier gelandet bin?

Frau Knittel: Ich stimme dir zu. Noch was? Vielleicht etwas, das dazu geführt hat.

Alessa: Ja, ich denke die Situation mit dem Handy.

Frau Knittel: Das war's?

Alessa: Wahrscheinlich das mit Mia. Aber eigentlich will ich nicht mehr drüber sprechen, weil es immer so anstrengend ist.

Frau Knittel: Was macht es so anstrengend für dich?

Alessa: Die tausend Gedanken, der Schmerz, einfach alles. Seitdem ist einfach alles scheiße und ich will nicht drüber nachdenken. Mia und ich, das mit uns sollte einfach sein und ich habe es verloren.

Frau Knittel: Wenn es so sein sollte, warum tut es dann so weh? Sollte eine Liebe nicht guttun?

Alessa: Es hat mir gutgetan! Jeden einzelnen Tag, für so viele Wochen. Bis sie plötzlich nicht mehr wollte und einfach alles kaputt gemacht hat. Deswegen hasse ich es darüber zu sprechen.

Frau Knittel: Und genau das ist es, oder? Es ist sicherlich nicht alles *kaputt*, aber es wirkt so, weil du womöglich sehr verletzt bist. Ob du darüber sprichst oder nicht, der Schmerz scheint ja trotzdem da zu sein. Wir Menschen tendieren dazu alles zu verdrängen, was uns verletzlich macht, aber das Leid bleibt ja trotzdem erhalten.

Alessa: Ja, aber ich habe Angst.

Frau Knittel: Wovor?

Alessa: Ich weiß nicht ganz recht.

Frau Knittel: Versuche, dir deine Angst zu Ende zu denken. Dabei wirst du oft merken, dass die Auswirkung manchmal gar nicht so schlimm ist, wie man es erwartet.

Alessa: Ich denke, ich habe Angst vor noch mehr Schmerz, den ich nicht ertragen kann.

Frau Knittel: Aber den Schmerz von eurer Trennung hast du doch gerade auch, oder?

Alessa: Ja, immer.

Frau Knittel: Kann es denn noch schlimmer werden?

Alessa: Kann ich mir kaum vorstellen.

Frau Knittel: Also wollen wir versuchen, die ganzen Ängste hier zuzulassen? Dafür bist du hier. Dafür bin *ich* hier. Wollen wir das zusammen angehen?

Alessa: Ich habe sowieso keine Wahl, oder?

Frau Knittel: Aber du hast die Wahl dich darauf einzulassen oder deine Zeit hier mit mir zu vergeuden.

Alessa: Was meinen Sie mit *einlassen?*

Frau Knittel: Gedanken teilen, Emotionen zulassen, ehrlich sein. Ich möchte, dass du Schritt für Schritt versuchst, dir selbst zu helfen, sodass du mich eines Tages nicht mehr brauchst.

Alessa: Wie soll das denn funktionieren?

Frau Knittel: Hier ist eine Liste, die ich dir angefertigt habe. Noch ist sie leer. Sobald du aber den „Aha!"-Moment hast und das Gefühl bekommst, eine neue Erkenntnis zu haben, schreibst du es auf die Liste.

Alessa: Und dann?

Frau Knittel: Dann kannst du jederzeit darauf zurückgreifen, wenn du dich selbst etwas unterstützen möchtest und niemand da ist, der dir helfen kann.

Alessa: Okay.

Frau Knittel: Gibt es denn schon etwas, was du festhalten möchtest?

Alessa: Ich denke „Denk dir deine Angst zu Ende" wäre vielleicht etwas, was ich mir merken möchte.

Frau Knittel: Super! Hier hast du einen Stift. Also wollen wir das probieren?

Alessa: Dann versuchen wir es eben. Wenigstens ist Ihr Büro sehr schön.

Frau Knittel: Ja? Was magst du daran?

Alessa: Ich liebe die hellen Farben. Ich mag beige. Die Einrichtung wirkt irgendwie sehr neu.

Frau Knittel: Ist sie auch. Wir haben erst letztes Jahr geöffnet.

Alessa: Merkt man, ich habe noch nie eine moderne Psychiatrie mit einer großen hellen Couch, kuscheligen Kissen und einem Kamin gesehen. Ich meine, ich habe noch nie eine Psychiatrie gesehen, nur im Film vielleicht. Aber hier finde ich es echt gemütlich und warm und es riecht gut, hier könnte ich ja glatt schlafen.

Frau Knittel: Wie hast du es dir denn vorgestellt?

Alessa: Irgendwie kühl. Lieblos. Streng. Ich hatte auch Angst, dass mein Therapeut ein strenger alter Mann ist, der mich böse durch eine runde Brille anguckt.

Frau Knittel: Alt bin ich vielleicht auch, aber streng und böse hoffentlich nicht. Du kannst mich übrigens duzen. Ich möchte, dass du dich wohl fühlst und du dich fallen lassen kannst.

Alessa: Oh, danke. Darf ich dir denn auch paar Fragen stellen, jetzt wo du schon alle meine dunkelsten Geheimnisse kennst?

Frau Knittel: Schieß los!

Alessa: Ich frage mich, wie alt du bist, ob deine *cool grey* Haare gefärbt sind, denn sie sehen wirklich cool aus! Wie lang deine Haare sind, wenn du sie nicht als strengen Dutt trägst, ob du Haustiere hast, was dein Lieblingsessen ist und ob du dein Büro allein so eingerichtet hast, oder hast du deine Inspiration von Pinterest?

Frau Knittel: Also, ich bin knapp über fünfzig, meine Haare sind nicht gefärbt, sondern einfach mit dem Alter grau geworden, oder wie du sagen würdest *cool grey*, und wenn ich meine Haare offen trage, gehen sie knapp über die Schulter, mein Hund heißt Balou und ist acht Jahre alt, ich esse gerne japanische Ramen und naja, das Büro habe ich gemeinsam mit den Architekten eingerichtet, ganz ohne Pinterest und co.

Alessa: Wow, cooler Geschmack auf jeden Fall.

Frau Knittel: Ist dein Zimmer denn ähnlich eingerichtet, was die Farben betrifft?

Alessa: Oh, nein, gar nicht. Mein Zimmer hat kein Konzept, ist bunt und unordentlich und dreckig. Deswegen gab es auch oft Ärger und Streit mit meiner Mutter. Ich habe mich seit Wochen nicht um mein Zimmer gekümmert.

Frau Knittel: Würdest du das gerne ändern wollen?

Alessa: Jetzt wo ich die Räume hier sehe – ja, schon. Das war mir nie bewusst. Aber ja, mit den sanften Farben und Gerüchen fühle ich mich gleich etwas geborgener. Auch mit den grünen Pflanzen dahinten.

Frau Knittel: Weißt du, welcher Geruch das ist?

Alessa: Nein, aber es kommt mir bekannt vor. Es riecht irgendwie so frisch. Es kommt dahinten raus aus diesem *fake* Vulkan, oder?

Frau Knittel: Oh, ich glaube du meinst den Diffusor. Da kannst du Wasser mit einem ätherischen Öl deiner Wahl verdunsten lassen, sodass es wie Qualm ausschaut. Der Duft ist Zitronenmelisse, auch bekannt als Stimmungsaufheller.

Alessa: Macht für mich absolut Sinn. Vielleicht werde ich mich hier dann nicht so verloren fühlen, wie in meinem chaotischen Zimmer.

Frau Knittel: Es würde mich wirklich freuen, wenn du dich weiterhin wohlfühlen würdest. Das ist die beste Voraussetzung, um die nächsten Wochen an deinen genannten Punkten zu arbeiten.

Tag 6

Frau Knittel: Guten Morgen Alessa, wie geht es dir heute?

Alessa: Guten Morgen. Ja, es geht. Ich vermisse meine Familie und mache mir etwas Sorgen.

Frau Knittel: Worüber?

Alessa: Keine Ahnung, was wird der Rest sagen? Was denken meine Eltern? Meine Freunde, Leute aus der Schule, Mia? Sie darf es niemals erfahren. Es kann nichts Gutes sein, die eigene Tochter in ein Irrenhaus zu schicken, oder?

Frau Knittel: Was macht uns denn so irre hier?

Alessa: Nicht du, aber wir, die Leute, die hierherkommen und Hilfe brauchen.

Frau Knittel: Das macht Bedürftige irre? Hilfe zu suchen? Dann würde ich sagen, dass die ganze Welt irre ist.

Alessa: Das mag sein.

Frau Knittel: Wieso hast du eben gesagt, dass Mia es niemals erfahren darf, dass du hier bist?

Alessa: Weil es absolut peinlich ist! Erst verbringen wir eine schöne Zeit miteinander und sobald sie nicht mehr möchte, werde ich eingewiesen. Sie darf niemals erfahren, dass ich hier bin, das würde einfach das ganze Bild von mir kaputt machen. Sie bereut es wahrscheinlich eh schon längst mit mir gewesen zu sein.

Frau Knittel: Wieso?

Alessa: Weil sie perfekt ist!

Frau Knittel: Und du nicht?

Alessa: Auf Instagram vielleicht, aber im echten Leben, nein, auf keinen Fall.

Frau Knittel: Und sie?

Alessa: Mia? Durch und durch perfekt, auf Instagram und im *real life*.

Frau Knittel: Aha, na dann zähle mir bitte erstmal alle Dinge auf, die dich nicht perfekt machen.

Alessa: Was, echt? Dann sitzen wir noch morgen hier.

Frau Knittel: Wir haben doch Zeit, oder?

Alessa: Also, mein Aussehen schon mal. Meine Haare sind grausig und benötigen viel Pflege, bei Mia sind die Haare einfach immer perfekt. Meine Beine haben jetzt schon Cellulite, obwohl ich nicht mal richtig erwachsen bin. Meine Augenbrauen sind viel zu dünn und benötigen viel Schminke, um überhaupt was herzugeben. Augenringe habe ich anscheinend auch schon chronisch.

Frau Knittel: Noch was? Abgesehen vom Aussehen.

Alessa: Ich bin super launisch. Ich verletzte Menschen in meinem Umfeld, weil ich oft zickig werde. Abgesehen davon bin ich auch einfach ein peinlicher und unangenehmer Mensch, von Grund auf. Mit mir entsteht schnell eine peinliche Stille, ich bin immer zu aufgeregt und teile auch gar nicht die Leidenschaften, wie die meisten in meinem Alter. Somit tue ich oft so als ob, ich tue lieb, ich tue interessiert, ich tue so, als ob mich gewisse Sachen interessieren würden. Und dadurch wird meine Stimme auch immer schrill, hoch und komisch. Und zittrig. Damit kann nun mal nicht jeder umgehen, aber Mia hat es geschafft jede Stille zu füllen, jedes Gespräch voranzubringen.

Frau Knittel: Okay, gut. Jetzt zähle bitte alle Dinge auf, die du an Mia nicht mochtest.

Alessa: Es gibt nichts.

Frau Knittel: Das kann ich dir nicht glauben. Überleg mal. Irgendetwas, was du nicht gut fandest, es aber nicht für nötig gesehen hast, es zu thematisieren.

Alessa: Naja…ich habe es gehasst, dass sie manchmal mitten in Gesprächen zum Handy gegriffen hat. Sie war dann komplett in einer anderen Welt, obwohl ich mit ihr gesprochen habe. Da kam ich mir immer für einen Moment so unwichtig vor. Und… hmm…sie hat viel über Geld gesprochen, das mochte ich nicht. Als sei es das Wichtigste der Welt. Also, ja klar, versteh mich nicht falsch, wir benötigen Geld für unser Leben, aber es ist nun mal nicht immer alles.

Was noch? …Klar! Die Tatsache, wie sie es beendet hat! Mich kalt liegen lassen und gehofft, ich würde es selbst merken und es dann beenden.

Frau Knittel: Dafür, dass dir nichts einfällt, haben wir jetzt aber ziemlich viel gesammelt, findest du nicht aus?

Alessa: Stimmt, das ist mir nie wirklich aufgefallen.

Frau Knittel: Wenn du das Gefühl hast, du bist wieder komplett in deiner „Alles war perfekt!"-Blase, weißt du jetzt, dass du jederzeit alles Negative abrufen kannst, was wir erstmal verdrängen durch den ganzen Schmerz. Das kann uns helfen, Situationen objektiver zu betrachten.

Du sagtest auch, Mias Leben sei perfekt und deins nicht. Gibt es denn wirklich gar nichts, was Mias Leben nicht perfekt macht?

Alessa: Es gab schon immer Probleme in der Familie. Von außen wirkt alles so harmonisch und wie im Bilderbuch, aber Mia berichtete von vielen Streitereien zwischen ihren Eltern. Dadurch, dass Mias Vater Arzt ist und ihre Mutter ihn der Praxis unterstützt, üben sie großen Druck auf sie aus. Sie soll zur Universität nach der Schule, ob sie will oder nicht. Und auf der Privatschule ist sie auch nur, da so ihre Noten durch den hohen monatlichen Beitrag besser ausfallen. Dafür ist die Schule bekannt und bei allem Respekt, Mia hat mit viel Versagen in der Schule zu kämpfen. Und dessen ist sie sich auch bewusst. Sie kommt an ihre Grenzen. Mir geht's ja genauso! Nur, dass ich auf einer staatlichen Schule bin und ich beim Versagen sitzen bleibe. Pubertät ist eben Kacke. Bei jedem denke ich mal.

Frau Knittel: Wow, Alessa. Ich mag deine Gedanken. Du hast Recht, jedem geht es mal so. Es freut mich, dass es dir gelingt, die andere Seite zu sehen. Meinst du, das kann vielleicht auf deine Liste?

Alessa: Ja, schon.

Frau Knittel: Was genau willst du aufschreiben?

Alessa: Ich denke „Nichts und niemand ist perfekt, jeder hat Probleme"?

Frau Knittel: Klingt sinnvoll.

Alessa: Weißt du, was ich mir auch manchmal denke? Manchmal bin ich ein klein wenig erleichtert wegen der Trennung. Es war sehr anstrengend immer so zu tun, als sei ich der perfekte Mensch. Klar, ich habe mich in der Zeit selbst sehr gemocht, aber ich habe eben so getan, als ob, weißt du.

Frau Knittel: Wieso hast du denn so getan, als ob und *warst* es nicht einfach?

Alessa: Ist ja wohl klar, weil das, was ich bin, manchmal nicht reicht. In was hätte sich denn sonst Mia verlieben sollen? Ich musste eine Maske aufsetzen! So tun, als ob ich dieselben Filme wie sie mag, ihre Lieblingssongs abfeiere. Sie wurde mir zu wichtig, als dass ich ihr ein Brett vor dem Kopf halte, das ihr klipp und klar sagt: Achtung, ihr habt wenig bis null Gemeinsamkeiten, weil Alessa langweilig ist.

Frau Knittel: Denkst du wirklich, dass ihr keine Gemeinsamkeiten gehabt hättet, wenn du einfach du selbst gewesen wärst?

Alessa: Schon möglich, ja.

Frau Knittel: Dann müsste doch alles, was ihr gemacht habt, Dinge gewesen sein, die du nicht magst. Stimmt das so?

Alessa: Nein, so ist es nun auch wieder nicht. Ich liebte unsere Dates. Das Rausgehen, das Sushi essen, Bilder machen, Shoppen, auf den Rummel gehen.

Frau Knittel: Was mochtest du nicht?

Alessa: Ihre Filmauswahl. Die Geschichten dahinter. Ein paar Lieder. Aber ich liebte ihre Begeisterung, deswegen war es okay.

Frau Knittel: Und denkst du nicht, dass es andersherum genauso gewesen sein könnte, wenn du zu Hundertprozent ehrlich gewesen wärst? Dass sie deinen Geschmack nicht verurteilt, sondern es einfach genießt, dich fröhlich zu sehen?

Alessa: Das war mir einfach zu riskant. Wie häufig passiert das schon, dass ein Mädchen in einer ganz anderen Liga auf jemanden wie mich steht?

Frau Knittel: Oder eher die Version, die du vorspielst zu sein?

Alessa: Ja schon, aber es ist ja trotzdem dieselbe Hülle, oder?

Frau Knittel: Also denkst du, Mia hat sich nur in dein Äußeres verliebt?

Alessa: Nein, nicht ganz, aber das ist ja eben der erste Eindruck, oder? Und entweder will ich die Person dann kennenlernen oder nicht.

Frau Knittel: Wahrscheinlich. Denk nochmal kurz an eure erste Begegnung zurück.

Alessa: Oh Gott, am Kiosk. Wie peinlich, ich sah so schlimm aus.

Frau Knittel: Ich denke, Mia hat das anders gesehen. Sie hat dir ja gleich am ersten Tag schon geschrieben.

Alessa: Eben und genau dann wurde mir klar, ich kann nichts riskieren! Ich sehe es eher als Zufall, dass sie in dem Moment meine Nummer haben wollte und sich gemeldet hat und nicht aus Begeisterung. Aus Langweile wahrscheinlich, sie kannte ja niemanden in Kiel. Deswegen habe ich mich eben aus Nervosität etwas verstellt und so getan, als ob. Um ihre Liebe zu bekommen, was ja auch funktioniert hat.

Frau Knittel: Meinst du, diese Liebe hätte sich nicht sicherer und geborgener für dich angefühlt, wenn sich Mia in die richtige Alessa verliebt hätte?

Alessa: Daran habe ich nie gedacht. Aber ist ja jetzt auch egal, sie hat es beendet.

Frau Knittel: Aber wenn du vieles nur vorgespielt hast, hat sie es dann wirklich mit *dir* beendet? Oder mit der Alessa, die du kreiert hast?

Alessa: Wahrscheinlich eher mit der *fake* Alessa. Ich ärgere mich ja auch. Denkst du Mia und ich sollten es nochmal mit der *richtigen, selbstsicheren* Alessa versuchen?

Frau Knittel: Nein, das denke ich nicht.

Alessa: Oh man, wieso?

Frau Knittel: Ich denke Mia hat eine zu große Wirkung auf dich, allein ihre Präsenz an sich. Ohne dass sie viel machen muss. Sie hat dich, ohne es zu wissen, emotional in der Hand gehabt und dich eingeschüchtert, sodass du alles machen und sagen wolltest, was sie auch wollte. Das schätze ich, gerade wenn wir das Resultat betrachten, als sehr kritisch ein. Würdest *du* es denn nochmal versuchen wollen?

Alessa: Keine Ahnung, ich denke, ich vertraue ihr nicht mehr, nachdem das mit Edda war. Aber zeitgleich habe ich Angst, dass ich diese Liebe nie wieder spüren werde.

Frau Knittel: Was meinst du, wie sich eine richtige Liebe wohl anfühlt, in der wirklich *du* geliebt wirst? Die richtige Alessa, ohne Fassade.

Alessa: Wahrscheinlich noch krasser, oder? Ganz wenige kennen die richtige Alessa. Meine Eltern, Jess, Gagi, ja… vielleicht war's das sogar schon?

Frau Knittel: Wie finden diese Personen denn die richtige Alessa?

Alessa: Ich denke Jess und Gagi können mich gar nicht so verkehrt finden, da wir uns schon oft hören und austauschen. Sie zeigen ja auch Interesse an mir. Und bei meinen Eltern, keine Ahnung, ich raube ihnen wirklich viele Nerven.

Frau Knittel: Ich denke es gibt kaum eine Pubertät, in der die Kinder ihren Eltern nie die Nerven rauben. Was meinst du, weshalb es dir wirklich so schwierig gefallen ist, die richtige Alessa zu sein?

Alessa: Ich wollte einfach genauso sein, wie ich im Internet bin. Ich denke diese Version mag ich von mir einfach mehr. Und das habe ich dann versucht.

Frau Knittel: Im Internet?

Alessa: Ja, Instagram, TikTok, sowas eben.

Frau Knittel: Ist dein Instagram-Profil offen zugänglich für alle?

Alessa: Natürlich!

Frau Knittel: Ich habe einen Vorschlag. Ich lasse von meiner Sekretärin Seiten von deinem Profil ausdrucken und wir schauen sie uns gemeinsam an. Wäre das okay für dich?

Alessa: Klar! Gerne.

Frau Knittel: Gut, da wären wir wieder! Bereit? Dann wollen wir mal sehen…beschreibe dich auf deinem Profil.

Alessa: Wunderschön, keine Makel zu erkennen. Mein Leben wirkt aufregend und ich wirke perfekt. Der Sport, der so leicht aussieht, meine Selfies. Ich sehe glücklich aus. Glücklich, schön, schlank, tolle Haut.

Frau Knittel: Warum?

Alessa: Filtern sei Dank! Das ist ja nicht die Realität. Meine Highlights können Sie sich später auch gerne anschauen, die sind der Hammer! Wie das Leben einer Jugendlichen aus den USA, deren Leben gefilmt wird.

Frau Knittel: Entspricht *das* denn der Realität? Deine Highlights?

Alessa: Nein, eigentlich nicht. Ich helfe natürlich nach mit den Filtern, Zusammenschnitten, Musik im Hintergrund und so weiter. Gepostet habe ich natürlich nur Sachen, die *Instagram worthy* sind und teilweise war auch vieles extra so gestellt von mir, um es eben *worthy* zu machen. Ich gucke mir trotzdem gerne mein Profil an.

Frau Knittel: Weil?

Alessa: Weil ich mir wünsche, es wäre wirklich so. Ich habe schon viele positive Rückmeldungen bekommen zu meinem Leben, das ich auf Instagram teile. Ich will, dass mich Menschen auch in Wirklichkeit so sehen, nicht nur auf Instagram.

Frau Knittel: Also scheinst du dir eigentlich im Klaren zu sein, dass das, was im Internet ist, nicht das alltägliche Leben ist, oder?

Alessa: Außer ich bin die Einzige, der es so geht.

Frau Knittel: Meinst du, dann wären die Apps wirklich so erfolgreich? Wenn nur eine einzige Person sich in ihr verliert und ein Leben darstellt, das es eigentlich nicht gibt.

Alessa: Wäre schon komisch, oder?

Frau Knittel: Es ist unmöglich. Mehrer Studien haben ergeben, dass Jugendliche, die viel Zeit im Internet und auf sozialen Plattformen Zeit verbringen psychisch darunter leiden. Du bist Eine von vielen und weiß Gott, nicht die Einzige.

Alessa: Meinst du, Mia geht es manchmal aus so?

Frau Knittel: Das kann ich dir so nicht beantworten, ich kenne sie nicht. Was denkst du denn?

Alessa: Ich kann es mir schon sehr gut vorstellen. Wie gesagt, sie war auch sehr häufig traurig und unzufrieden. Hat sich nicht für schlau oder schön gehalten. Einmal war sie sogar ziemlich sauer, dass ich sie so für ihr Äußeres bewundert habe. Sie wollte die Komplimente gar nicht hören.

Frau Knittel: Hast du eine Idee wieso?

Alessa: Weil sie es vielleicht nicht so gesehen hat?

Frau Knittel: Gut möglich. Hast du ihr Instagram Profil noch vor Augen?

Alessa: Jedes einzelne Bild inklusive der *caption*!

Frau Knittel: Passt ihr Profil denn zu der *richtigen* Mia? So, wie du sie kennst.

Alessa: Ja und nein. Klar, paar Situationen schon. Aber häufig wirkten ihre Stories aufregender, cooler und witziger, als sie es dann wirklich waren. Keine Ahnung. Irgendwie komisch, jetzt wo wir so drüber sprechen.

Frau Knittel: Unsere heutige Stunde ist fast um, wir kommen zu unserem Abschlussritual: Was nimmst du aus der heutigen Stunde für dich mit?

Alessa: Hmm… dass das Leben im Internet bei jedem schöner und aufregender wirkt als im echten Leben? Da schlechte Seiten nicht gezeigt werden. Vielleicht war Mia nur nah dran an perfekt und nicht wirklich perfekt.

Frau Knittel: Liste?

Alessa: Liste!

Tag 14

Frau Knittel: Hallo meine Liebe, setz dich.

Alessa: Hallo.

Frau Knittel: Alles gut?

Alessa: Geht so. Nein, eigentlich nicht.

Frau Knittel: Magst du mir erzählen, was los ist?

Alessa: Ich bin einfach nur sauer. Die letzten Tage waren unsere Sitzungen so gut, es ging mir wirklich besser. Ich dachte, ich könnte bald nachhause. Aber seit heute Nacht geht es mir wieder nicht so gut.

Frau Knittel: Höhen und Tiefen sind absolut normal, Alessa. Nur weil du heute einen schlechten Tag hast, heißt es nicht, dass du wieder bei Punkt null angekommen bist. Eine Heilung dauert. Es gibt Rückschläge und Fortschritte. Zwei Schritte vor, ein Schritt zurück.

Alessa: Also bin ich kein hoffnungsloser Fall?

Frau Knittel: Ganz und gar nicht! Magst du mir sagen, welche Gedanken dich gequält haben?

Alessa: Ich brauche langsam mein Handy. Es sind schon fast zwei Wochen ohne vergangen und ich ertrage das kaum. Ich will doch nur wissen, was los ist, was es Neues gibt, was Mia treibt, irgendwas. Nur kurz. Ich habe kaum geschlafen. Und auch heute denke ich nur daran.

Frau Knittel: Ist es das erste Mal, dass du dich hier so fühlst?

Alessa: Nein, aber heute ist es besonders schlimm. Es fällt mir so schwer mich abzulenken, obwohl ich eigentlich die Kurse hier mag. Ich mag auch alle Menschen hier, aber heute regen sie mich einfach nur auf. Alles und jeder. Ich habe einfach so eine Angst, etwas Wichtiges zu verpassen. Heute Nacht habe ich sogar oft den Ton von einer Benachrichtigung am Handy gehört, obwohl mein Handy gar nicht da war. Was kann ich dagegen tun?

Frau Knittel: Auch wenn du das nicht gerne hörst, tatsächlich durchhalten. Bleib dran. Denk an all die kleinen Methoden, die du hier kennengelernt hast, um mit deinen Gefühlen umzugehen. Was hilft dir denn an Tagen wie diesen? Außer das Handy.

Alessa: Ich denke, ich möchte meine Eltern sehen. Mit ihnen ein Stück Kuchen essen und Tee trinken. Heute möchte ich nicht allein sein.

Frau Knittel: Das können wir gerne arrangieren. Deine Eltern werden sich sicherlich freuen, dich sehen zu können. Ich bin mir sicher, sie warten nur auf den Anruf!

Alessa: Das mag sein, aber ich bin auch etwas nervös. An die letzte Begegnung mit meinem Vater erinnere ich mich nicht ganz und die letzte Begegnung mit meiner Mutter, möchte ich am liebsten vergessen.

Frau Knittel: Sagst du das, weil sie dich in dem Moment gefunden hat?

Alessa: Ja, ich habe Angst vor dem, was sie denken. Ich will nicht, dass sie denken, dass ich mich umbringen wollte. Das wollte ich wirklich nicht. Irgendwie habe ich aber diesen Schmerz gebraucht, um mich freier zu fühlen. Von dem inneren Druck, der sich aufgebaut hat. Ich war gekränkt und Mia hat sich entschieden, mich nicht mehr sehen zu wollen. Meine Eltern waren mit der Arbeit beschäftigt und wenn wir was gemeinsam gemacht haben, gab es oft Streit. Mach dies, mach das. Ich war eine lange Zeit lang so verletzt, dass ich mich nicht mehr, wie ich selbst fühlte. Als dann auch noch das Handy weg war, war ich wie taub. Ich habe mich selbst nicht mehr gespürt und musste raus aus diesem Gefühl. Alles, was mir wichtig war, war plötzlich weg, ohne dass ich es irgendwie kontrollieren konnte. Mia, mein Handy, meine Familie war wütend auf mich, Jess hat mich nicht verstanden, Gagi wusste nicht, wie es mir wirklich damit ging. Das Einzige, worüber ich noch Kontrolle hatte in diesem Moment, war eben mein Körper und das konnte mir keiner nehmen. Deswegen habe ich das getan. Es hat auch gar nicht weh getan.

Frau Knittel: Was war das für ein Gefühl für dich, als deine Mutter reinkam? So gesehen und gefunden zu werden?

Alessa: Ganz ehrlich? Für mich erlösend. So konnte ich ihr endlich zeigen, wie es mir wirklich geht, ohne zu reden, ohne zu streiten oder zu diskutieren. Für meine Eltern tut es mir aber leid. Dass sie das gesehen haben und sie jetzt mit dem Gefühl allein zu lassen.

Frau Knittel: Du brauchst dir keine Vorwürfe zu machen oder ein schlechtes Gewissen zu haben. Deine Eltern sind nicht allein. Wir stehen im ständigen Austausch, sie bekommen alles mit, deine ganzen Fortschritte, deinen Tagesablauf. Sie sind froh, dass du hier bist und du die Zeit nur für dich nutzen kannst.

Alessa: Ich bin auch froh, dass ich hier bin. Ich wusste, dass mir was fehlt, aber ich wusste nicht, was genau und geschweige denn wie ich es äußern kann. Ich hoffe nur, dass sie mich nicht darauf ansprechen, ich möchte noch nicht drüber sprechen.

Frau Knittel: Das werden sie respektieren, da bin ich mir sicher. Gibt es etwas, das du aus der heutigen Sitzung mitnehmen möchtest?

Alessa: Ich glaube, dass ich lernen muss, mich richtig zu äußern, wenn etwas ist, bevor es so weit kommt und ich mich selbst verletze.

Alessa: Guten Morgen!

Frau Knittel: Hallo meine Liebe, na? Wie waren die letzten Tage?

Alessa: Gut! Der Besuch meiner Eltern hat mir sehr gutgetan, sie waren voll normal drauf und die letzten Tage habe ich auch wieder coole Sachen gemacht.

Frau Knittel: Erzähl!

Alessa: Also meine Eltern meinten, dass alles beim Alten ist. Ich habe von Jess und Gagi einen netten Brief mit vielen lieben Worten erhalten. Das hat mich auch richtig gefreut und bestärkt. Ich habe mich wieder näher zu meinem richtigen Leben gefühlt, aber auf eine gute Art und Weise.

Frau Knittel: Und was machten die negativen Gedanken?

Alessa: Eigentlich war es nach dem Treffen mit meinen Eltern voll in Ordnung. Zum Einschlafen habe ich das E-Book gelesen, was sie mir mitgebracht haben. Und die letzten Tage habe ich dann sinnvoll nutzen können.

Frau Knittel: Was hast du gemacht?

Alessa: Also als allererstes, ich habe mega gut geschlafen! Dann habe ich habe mich hier in einen Töpferkurs eingetragen. Das macht richtig Spaß! Ist aber auch sehr schwierig. Ich möchte mir eine Cornflakes-Schale machen, noch sieht sie aber wirklich hässlich aus. Ich muss sie noch ausbessern und anmalen. Den Malkurs finde ich auch super, die Zeit vergeht da immer so schnell! Und dann waren wir noch im Wald wandern, obwohl ich da eigentlich gar keine Lust darauf hatte. Am Ende fand ich es aber doch gut, dass ich mitgegangen bin, da die Sonne geschienen hat und die frische Luft echt schön war. Und gestern waren wir in der Küche, wir haben Cupcakes gemacht. Schau mal, der hier ist für dich. Ein Zitronen-Himbeere-Cupcake.

Frau Knittel: Das ist aber lieb von dir! Tausend Dank! Den werde ich in meiner Mittagspause genüsslich verspeisen. Wie ging es dir mit den Gedanken an das Handy?

Alessa: Ich muss zugeben, ich habe die letzten Tage kaum an mein Handy gedacht und ich glaube, selbst wenn es neben mir gelegen hätte, hätte ich kein Interesse daran gehabt. Seitdem ich hier bin, schlafe ich auch viel entspannter. Ich werde nicht mehr wach und verliere langsam das Gefühl, etwas zu verpassen. Früher bin ich immer mit dem Handy in der Hand eingeschlafen.

Frau Knittel: War das auch schon vor Mia so?

Alessa: Hmm… sagen wir es so, ich konnte schon immer gut schlafen. Ab einem gewissen Punkt war es mir aber mehr wert am Handy zu sein und auf den sozialen Medien nach Mia zu schauen, nach Neuigkeiten und Updates. Somit habe ich meinen Schlaf regelmäßig hintenangestellt. Keine Ahnung, wie mir das passieren konnte. Ich war wirklich komplett süchtig danach. Es ist im Endeffekt nur ein Gegenstand. Total komisch.

Frau Knittel: Verstehe. Abgesehen von den Handystrahlen, ich weiß, du kannst es aufgrund deines Lehrers nicht mehr hören, tut die exzessive Handynutzung auch nachweislich deinem Gehirn nicht gut. Du bist einer dauernden Reizüberflutung ausgesetzt, alle paar Sekunden gibt es neue Videos und Bilder und deine Konzentrationsspanne nimmt folglich ab. Des Weiteren ist der Schlaf weniger erholsam, wenn die Zeit vor dem Schlafengehen ebenfalls mit dem Handy in Verbindung gebracht wurde. Es strengt dein Gehirn unheimlich an. Und was den Suchtfaktor betrifft:

Empfinden wir Menschen Freude, so schütten wir Glückshormone aus. Das gemeine an der Sache ist, dass unser Körper oft auch diese Glückshormone ausschüttet, wenn wir Benachrichtigungen bekommen. Deswegen greifen wir auch gleich nach dem Handy, da wir die Benachrichtigung mit positiven Ereignissen in Verbindung bringen. Ein richtiger Teufelskreis.

Alessa: Gruselig. Also habe ich meinen scheinbaren größten Freund zum größten Feind erzogen, ohne es zu merken?

Frau Knittel: Wer ist denn in diesem Fall dann dein Feind?

Alessa: Social Media, so wie es programmiert ist, wie wir es nutzen.

Frau Knittel: Aber denkst du heute, dass Social Media auch gute Seiten hat?

Alessa: Hmm...doch schon, oder?

Frau Knittel: Klar. Das können wir auch ruhig anerkennen. Was magst du denn bis heute an Social Media?

Alessa: Zweifellos die lustigen Videos und Memes! Ich liebe es, dass so alltägliche Situationen lustig dargestellt werden und man automatisch weiß „Oh, okay, ich bin nicht die Einzige, die so denkt!". Ich finde es auch cool, dass man es so schnell an Freunde schicken kann und man auch mit Menschen in Kontakt bleiben kann, die weiter weg wohnen. Das bietet sich an. Auch finde ich, dass ein eigenes Profil wie ein eigenes Fotoalbum mit Erinnerungen sein kann. Also ja, viele Vorteile gibt es auch.

Frau Knittel: Würdest du also schlussendlich sagen, dass Social Medie dein bester Freund oder dein größter Feind ist?

Alessa: Am liebsten gar nichts. So ein Mittelding. Ich will es nicht zu sehr lieben, aber auch nicht zu sehr hassen.

Frau Knittel: Willst du auch etwas an der Art und Weise wie du Social Media nutzt ändern?

Alessa: Ja, ich denke es wäre am sinnvollsten alles zu löschen, was mit Mia zu tun hat. Mein Fakeprofil, die Bilder von uns beiden und so weiter. Auch will ich ihr und Edda entfolgen. Ich möchte einen sauberen Neustart wagen.

Frau Knittel: Sehr schön. Ich bin gespannt, wie du mit deinem neuen Umgang damit zurechtkommst.

Alessa: Wieso erklärt uns das eigentlich keiner in der Schule? Das wäre doch so wichtig, solche Erkenntnisse im Biounterricht zu haben.

Frau Knittel: Schlag es doch vor! Ich finde es ebenfalls sehr wichtig, gerade in eurer Generation. Denkst du, du möchtest vielleicht einige von diesen neuen Erkenntnissen in dein neues Leben mitnehmen?

Alessa: Auf jeden Fall! Dass ich mich im Alltag und gerade auch an schlechten Tagen mit Dingen beschäftige, die mich in der Regel glücklich machen. Ich möchte meinem Körper ermöglichen, diese Glückshormone ohne das Handy zu produzieren. Das ist mein Ziel, neue Hobbies in meinen Alltag einzubauen. Dinge, die nicht nur Spaß machen, sondern auch gesund sind. Ich denke, das schreibe ich mir auf meine Liste.

Frau Knittel: Was genau möchtest du aufschreiben?

Alessa: Irgendwas nach dem Motto „Wenn es dir schlecht geht, kannst du malen, spazieren gehen oder vielleicht sogar etwas backen" und vielleicht auch „Handyfreie Zeit kann dir sehr guttun."

Frau Knittel: Das klingt super. Weißt du denn schon, wie es mit dem Eiskunstlaufen weiter gehen soll?

Alessa: Um ehrlich zu sein, ich glaube, ich will es wieder versuchen. Aber mit anderen Intentionen dieses Mal. Ich habe mir selbst so viel Druck gemacht gute Videos zu filmen, tolle Fotos zu machen, sodass mir der Sport an sich total egal war. Hauptsache es sah gut aus. Letztes Jahr haben wir begonnen für den Wettkampf zu trainieren, aber jetzt bin ich schon zu lange raus, als dass ich teilnehmen könnte. Es ist schon April und der Wettkampf ist im Sommer.

Frau Knittel: Das ist ja sicherlich nicht die letzte Chance auf einen Wettkampf, oder? In der Zwischenzeit kannst du deinen Körper wieder langsam an die Belastung gewöhnen.

Alessa: Das dachte ich auch. Ich habe hier die letzten Tage Yoga gemacht, das fand ich richtig cool. Eine Mischung aus Krafttraining und Entspannung. Hast du schonmal Yoga gemacht?

Frau Knittel: Tatsächlich nicht, kannst du es mir empfehlen?

Alessa: Oh, ja!

Tag 28

Frau Knittel: Hallo, Alessa, besonderer Tag heute, oder?

Alessa: Hi, ja, ich bin so nervös! Aber ich freue mich auch total darauf, morgen entlassen zu werden.

Frau Knittel: Habt ihr schon konkrete Pläne?

Alessa: Ja, wir werden morgen mit Jess was essen gehen und meine Eltern meinten, dass wir dann zuhause einen Plan erstellen, um mein Zimmer etwas zu verändern.

Frau Knittel: Oh, das klingt doch gut! Das hattest du doch schon am Anfang deiner Zeit hier in Anspruch nehmen wollen!

Alessa: Das stimmt. Ich kann gar nicht glauben, dass sechs Wochen vergangen sind.

Frau Knittel: Weißt du schon, wann du das erste Mal die Schule wieder besuchst?

Alessa: Gleich am Montag. Ich werde allerdings das Schuljahr wiederholen, die nächsten paar Wochen werden nicht reichen, um alles aufzuholen.

Frau Knittel: Hast du deinen Brief an Herrn Ziegler denn schon fertig?

Alessa: Ja, schon im Briefumschlag weggepackt. Ich hoffe, er kann die Entschuldigung annehmen.

Frau Knittel: Ganz sicher. Wie blickst du auf die sechs Wochen zurück?

Alessa: Ich bin froh, dass es gekommen ist, wie es gekommen ist, um ehrlich zu sein. Gut, dass es Mia in meinem Leben gab, gut, dass ich hier sein durfte und Hilfe bekommen habe. Ich bin an einen Punkt gekommen, an dem ich vorher nie war. Ich bin stabiler und habe das Gefühl, mich selbst besser kontrollieren zu können. Ich denke nicht, dass ich mich noch einmal so verlieren werde und wenn, dann möchte ich früher eingreifen können. Aber ich kann es mir nicht vorstellen. Also, ich will es auch nicht.

Frau Knittel: Das klingt unfassbar gut. Doch denk immer dran: Auch wenn du Rückschläge hast, heißt das nicht, dass du wieder an Punkt Null angekommen bist. Nach jedem Regen scheint die Sonne.

Alessa: Oh! Ich denke das muss noch schnell auf die Liste, bevor ich gehe! Das Einzige, was ich schade finde, ist, dass ich mir so sehr gewünscht hätte, diese Alessa auch Mia zeigen zu dürfen. Wir hätten eine ganz andere Voraussetzung gehabt.

Frau Knittel: Denkst du denn, dass das etwas an der Tatsache verändert hätte, dass sie zu dem Zeitpunkt keine Beziehung führen konnte?

Alessa: Wahrscheinlich nicht. Wahrscheinlich hatte sie selbst eigene Baustellen, an denen sie arbeiten musste oder noch muss. Kann sein, dass wir beide noch nicht bereit waren.

Frau Knittel: Das sehe ich auch so.

Alessa: Auch wenn ich jetzt versuche mit dem Kapitel abzuschließen, habe ich noch ganz oft den Drang, ihr von Dingen zu berichten. Es fällt mir manchmal schwer zu akzeptieren, wie das Ganze geendet hat.

Frau Knittel: Eine Schwierigkeit im Leben ist es tatsächlich Menschen zu verzeihen, die nicht mehr in unserem Leben sind. Die sich vielleicht auch nie entschuldigt haben, weil sie es vielleicht auch nicht so meinen. Dennoch müssen wir aber im Reinen damit sein. Manchmal hilft es, auch Dinge aufzuschreiben, auch wenn sie niemand außer dir liest.

Alessa: Einen Brief ohne Empfänger, meinst du?

Frau Knittel: Ganz genau, manchmal müssen die Gedanken einfach mal raus.

Alessa: Ich denke, ich werde es versuchen, wenn die Zeit da ist, nochmal alles Revue passieren zu lassen.

Frau Knittel: Was nimmst du dir ansonsten noch mit in dein neues Leben? Wie willst du sicherstellen, dass du dich nicht mehr so schnell verlierst?

Alessa: Ich weiß, worauf du hinauswillst und ja, ich habe es auch fertiggestellt!

Frau Knittel: Na dann lies mal vor.

Alessa: Also, mein Routineplan beinhaltet, dass ich nicht mehr als drei Stunden am Tag am Handy sein soll, das muss ich nur nochmal mit meinen Eltern klären. Das soll mir helfen nach der Schule oder am Wochenende Aktivitäten auszuüben, die kein Handy oder Tablet voraussetzen.

Frau Knittel: Und die wären?

Alessa: Zwei Mal in der Woche Yoga, ein Mal in der Woche Eiskunstlauf und allein Kochen. Aber auch lesen. Ich nehme mir vor, jeden Monat ein Buch zu lesen und am Wochenende spazieren zu gehen.

Frau Knittel: Das klingt sehr verlockend! Ich glaube deinen Routineplan sollte ich mir mal merken.

Alessa: Oh und nicht zu vergessen: Mein Handy liegt nicht mehr die ganze Nacht in meinem Zimmer, ich hole es morgens bei meinen Eltern ab und gebe es abends wieder zurück. Das soll mir ermöglichen, nachts in Ruhe zu schlafen. Mal schauen, wie das funktioniert.

Frau Knittel: Sehr gut. Habt ihr euch schon bei meinem Kontakt gemeldet?

Alessa: Ja, meine Mutter meinte gestern, dass ich in zwei Wochen schon bei der Verhaltenstherapie anfangen kann. Ich gehe dann erstmal jeden Dienstag hin. Aber trotzdem werde ich dich sehr vermissen.

Frau Knittel: Du wirst mir auch fehlen! Aber zeitgleich freue ich mich auch, denn immer, wenn ich eine Patient*in gehen lasse, weiß ich, dass die Person stark genug ist, um zurück in die Welt entlassen zu werden. Da kannst du wirklich froh sein, wie viel du in nur sechs Wochen erreicht hast.

Alessa: Das bin ich auch! Tausend Dank. Ich komme euch besuchen.

Frau Knittel: Tu das, meine Liebe! Bis bald.

25 Ein Brief ohne Empfänger

Ich will dich nicht ansprechen.

Ich blicke zurück auf die letzten Monate und kann gar nicht glauben, dass ich darüber

spreche,

ohne es zu spüren,

dieses Stechen.

Ich habe ihn lange verflucht,

diesen Tag

an dem ich dir begegnet bin und dir meine Nummer gab.

Wieso habe ich vor Aufregung nicht die letzte Zahl vergessen?

Und anschließend am Abend eine Stunde traurig auf dem Bett gesessen?

Lange habe ich mich das gefragt.

Weil es so sein sollte, auch wenn ich's nicht so wollte.

Die Liebe, der Schmerz, die Reise zu mir selbst.

Ich war lange Zeit überzeugt davon, dass du mich gar nicht wolltest.

Ich schien viel mehr diejenige zu sein, die mehr wollte,

mehr gab,

mehr sah,

mehr war.

Immer mehr als ich sollte.

Doch blicke ich jetzt zurück,

weiß ich,

für einen Moment war ich das, was du gebrauchen konntest.

Ich gab es dir.

Du nahmst es dir,

ohne zu merken,

dass du mich nahmst.

Ohne mich zu nehmen.

Denn auch dir hat was gefehlt in deinem Leben.

Auch du hattest Hoffnungslosigkeit und den Halt konnte ich dir geben.

Nicht auf Dauer, aber für einen Moment und das ist okay so gewesen.

Ich verzeih dir.

Denn du konntest nicht wissen, was du damit in mir loslöst.

Wie hättest du es auch nur wissen können?

Ich kann dir keine Vorwürfe machen, das Feuer zu entfachen

Auch kann ich sie mir nicht machen.

Ich war aufopferungsvoll.

Offen.

Großzügig.

Liebevoll.

Ich stellte mich hinter dich.

Immer und immer wieder verlor ich mich.

Ich war in vielen Momenten mir selbst nicht treu.

Meine Gefühle ignoriert, zu scheu.

Meine eigenen Bedürfnisse manipuliert,

Ehre, Stolz und Selbstrespekt ignoriert.

Ich lasse es nicht mehr zu,

mich selbst am wenigsten zu lieben.

Ich lasse es nicht mehr zu,

dass ich nur durch Bestätigung anderer denke zu siegen.

ich lasse es nicht mehr zu

an meinem Wert zu zweifeln und zu denken mich verstellen zu müssen,

um mir einen Funken Aufmerksamkeit von jemanden zu erküssen.

Zum ersten Mal im Leben entscheide ich mich für mich.

Denn ich war das, was ich immer brauchte, aber nie bemerkte.

Ich war's.

Und dafür danke ich dir.

Das war's.

Ich verabschiede mich. Ich lasse los. Wir waren ein Segen.

Zum letzten Mal in diesem und jedem zukünftigen Leben.

Vor 173 Tagen ist Mia verschwunden und seitdem gibt es kein Lebenszeichen von ihr. Wer Mia ist? Meine Ex beste Freundin. Betonung auf Ex! Und mit „kein Lebenszeichen" meine ich natürlich nicht auf Social Media, sondern in meinem echten Leben. Wir führen getrennte Leben, ich weiß nicht, was du machst, du weißt nicht, was ich mache, und ich denke, das ist gut so. Warst du die richtige Person zum falschen Zeitpunkt? Das denke ich nicht mehr. Ich bin mittlerweile fester Überzeugung, dass die Menschen, die in deinem Leben bleiben, bleiben sollen und die, die weiterziehen wollen, frei gelassen werden sollen. Es ist mir schwer gefallen, an den Punkt zu kommen und die Illusion unserer perfekten Liebesgeschichte ebenfalls gehen lassen zu können. Ich hatte viele Monate immer Angst, dass du die Person in meinem Leben bist, die ich nie zu früh treffen wollte, weil man sie nicht gehen lassen will, auch wenn die Zeit nicht reif ist. Doch wie es ausschaut, warst du es nie und das macht auch absolut Sinn, denn die richtige Person wäre geblieben. *Meine* richtige Person wäre geblieben.

Es ist so erschreckend festzustellen, dass manche Menschen allein mit ihrer Präsenz so eine starke Wirkung auf uns haben. Ich habe mich so oft gefragt, wie du die letzten Monate wahrgenommen hast. Warst du einfach froh, den Ballast losgeworden zu sein und hast befreit weitergelebt oder hast auch du deine Zeit gebraucht, dich von mir abzugewöhnen? Wie auch immer die Antwort lautet: Ich danke dir aus tiefstem Herzen dafür, dass du mich zu diesem Zeitpunkt aus deinem Leben gerissen hast, denn du wärst zweifellos das Ende von mir gewesen. An diesem Punkt war ich schon viel zu nah dran. Jeder weitere Tag mit dir, hätte meine Illusion bestärkt, meinen Wahn vergrößert.

Was schon schief gehen kann, fragte ich mich, als ich beschloss, jeden Schritt von dir zu verfolgen? Alles konnte und alles ging schief. Ja, es war gefährlich. Nicht für dich, nicht für andere, aber für mich. Ich habe das Wichtigste vergessen. Mich. Ich war diejenige, die ich die ganze Zeit gebraucht habe, aber nicht hatte.

Heute ist der 25. Juni, genau vor einem Jahr bist du mir im Kiosk begegnet. Ein Jahr voller Erlebnisse, Liebe und Schmerz liegt hinter mir. Ich habe mich nicht nur im Schmerz verloren, sondern auch in der digitalen Welt. Durch sie habe ich gedacht, mir Liebe von Menschen holen zu können, die mich nicht lieben wollen. Doch ich habe gelernt, dass Selbstliebe, die wohl wichtigste Liebe ist, die Menschen brauchen, so banal dieser Kalenderspruch auch klingt. Ich habe mich bisher erfolgreich an meinen Routineplan gehalten. Ich finde Gefallen daran, Dinge zu tun, die mir und meinem Körper guttun: Sport, Entspannung, frische Luft, Struktur im Alltag. Das Backen, Lesen und vor allem das Schreiben. Schon seit meiner Grundschulzeit möchte ich Bücher schreiben. Bisher wusste ich nie so ganz worüber, aber jetzt, wo ich so über die letzten Monate nachdenke... denke ich, weiß ich ganz genau, worüber ich schreiben möchte. Denn ich bin mir sicher, ich bin und bleibe nicht die Einzige, die das erlebt hat.

Heutige Bildschirmzeit:

2:12 Stunden

English	Deutsch
scroll	Am Handy scrollen
nice	Schön
what the hell?	Was zur Hölle?
clean	Sauber
omg	Oh mein Gott
energy	Energie
easy	Leicht
warm up	Aufwärmen
cringe	Peinlich
all good	Alles gut
yes	Ja
deep	Tiefgründig
vibe	Atmosphäre
prank	Streich
spoiler alert	Eine Information vorwegnehmen
pumpkin spice	Kürbis Gewürz
button	Knopf
caption	Überschrift
new year, new me	Neues Jahr, neues ich
give me a break	Gib mir eine Pause
heartbroken	untröstlich
queen	Königin
look	Aussehen
looser	Verlierer
Watch me	Schau mich an
I wish	Ich wünsche
special	Besonders
content	Inhalt
topping	Belag
let's go	Los geht es

bless his soul	Gesegnet sei seine Seele
ready	bereit
gamechanger	Spielveränderer
hold on	Moment mal
guess what	Rate mal
who cares	Wen interessiert es?
I do	Ich tue es
by the way	nebenbei
creepy	gruselig
mental health day	Tag der mentalen Gesundheit
the drama is real	Das Drama ist real
oversharing	Übermäßiges Teilen
grey	Gray
fake	Unecht
real life	Echtes Leben
worthy	Wertvoll genug

Die Liste

Dinge, die wir schnell vergessen...

-Nichts und niemand ist perfekt, jeder Mensch hat einen gewissen Leidensdruck, den wir nicht kennen. Manche sind größer, manche sind kleiner.

-Soziale Medien zeigen nicht das echte Leben. Es handelt sich um Zusammenschnitte von Momentaufnahmen. Fast jede Situation kann auf sozialen Medien romantisiert und schön dargestellt werden. Lass dich nicht irreführen.

-Handyfreie Zonen und Zeiten. Finde Orte oder Aktivitäten in deinem Alltag, die du nur ohne Handy betrittst oder angehst. Zum Beispiel der Wald zum Spazierengehen oder das Bett zum Entspannen oder Schlafengehen.

-Setze dir Grenzen. Wie viele Stunden am Tag sind für dich vertretbar, die du am Handy verbringen darfst? Stelle dir Timer und verfolge deine Stundenaktiviät und überlege dir, was du in dieser Zeit alles hätten machen können.

Zum Beispiel:

12 Stunden – Nach Los Angeles fliegen

10 Stunden – Ein Kunstwerk erstellen

8 Stunden – Ein ganzer Arbeitstag

6 Stunden – Ein Buch durchlesen

4 Stunden – Einkaufen gehen und ein 4 Gänge Menu kochen

2 Stunden – Sport machen

1 Stunde – Baden und Gesichtspflege

-Digitalfreie Hobbies helfen dir dein Handy für einige Zeit zu vergessen. Du musst nur etwas finden, das dich genug interessiert. Es könnte Yoga sein, Malen, Basteln, Lesen, Spazieren gehen, Kochen oder Backen, Zeit mit der Familie und mit Freunden verbringen oder vielleicht was ganz Neues und Anderes?

-Nach jedem Regen scheint die Sonne, es kann immer besser werden, dir kann immer geholfen werden. Informiere dein Umfeld, Eltern, Freunde, Lehrkräfte oder Hilfsorganisationen.

Danksagung

2002 saß eine kleine Vanessa in ihrem Kinderzimmer am Holzschreibtisch und sagte laut: „Ich schreibe jetzt ein Buch!". Das tat sie auch, stolze 26 Seiten mit vielen bunten Bildern und einer Storyline, die der Saga von Enid Blytons „Fünf Freunde" verblüffend ähnelte.

Mit 17 Jahren gab ich dem Ganzen einen weiteren Versuch. Es handelte sich um die Selbsttötung eines 17-jährigen Mädchens – viel düsterer als „meine" Freundesgeschichte aus der zweiten Klasse. Schon während des Schreibprozesses fehlte mir die nötige Inspiration, sowie die Kernaussage der Geschichte, sodass dieses Manuskript nach 96 Seiten von mir selbst gelöscht wurde. Wie gerne würde ich da nochmal reinlesen.

Zehn Jahre, viele Erfahrungen und Gedanken später, war es dann so weit: „Ich schreibe jetzt wirklich ein Buch!". Viele fragen mich bis zum heutigen Tag: „Wie kamst du dazu?". Ich erzähle ihnen immer von meiner Grundschulzeit, dem frühen Traum Autorin zu werden und vor allem auch vom *wirklichen Traum*, der mich hierhergebracht hat: Es ist Donnerstagnacht, der Wecker klingelt um 5:30 Uhr, ich muss am nächsten Tag arbeiten. Im Schlaf höre ich immer wieder eine unbekannte Stimme. Zunächst verwirrt sie mich, bis ich genau hinhöre. Ich wache schlagartig auf, greife zum Handy und tippe genau das in meinen digitalen Notizen ein, was mir die Stimme im Traum sagte: „Seit elf Tagen war Mia verschwunden, es gab kein Lebenszeichen mehr von ihr." Dieser Satz ging mir tagelang nicht mehr aus dem Kopf, sodass ich schnell wusste: Das wird der erste Satz in meinem Buch. Schnell entwickelte sich eine Idee zur anderen. *Kann ich wirklich meine Hauptperson Mia nennen? Immerhin heißt eine Schüler*in von mir so*, fragte ich mich. Ich wollte nicht, dass sich eine Person bevorzugt fühlt und andere benachteiligt, bis ich kurzerhand beschloss alle Namen meiner Schüler*innen in diese Geschichte einzupflegen. Somit danke ich euch, *meine Freunde der Nacht* (ihr wisst genau, dass ihr gemeint seid), für eure Namensinspirationen, eure Geschichten und die Einblicke in eure Welt. Ich liebe es euch zu unterrichten.

Ich danke allen meinen Testleser*innen. Mir ist bewusst, wie viel Zeit, Kraft und Nerven euch das gekostet haben muss.

Jess, im Buch bist du meine beste Freundin, im wahren Leben, die beste Schwester, die ich mir nur vorstellen kann. Auf der einen Seite waren wir schon immer auf derselben Wellenlänge, auf der anderen Seite sind wir dann wiederum so unterschiedlich und inspirieren uns gegenseitig. Auch wenn wir uns bis zum heutigen Tage oft anschreien und miteinander streiten, als gäbe es kein Morgen, ist die Wahrscheinlichkeit sehr groß, uns nach einer Stunde kichernd im Kino zu treffen. Ich danke dir für diese Stabilität in meinem Leben.

Gagi, dich in deiner Entwicklung vom Kind zu einer erwachsenen Frau begleiten zu dürfen, ist für mich einfach unbegreiflich schön. Ich liebe unsere Dates, in denen wir stundenlang im Bett liegen und *Keeping up with the Kardashians* schauen und jede Szene kommentieren, ganz zu schweigen von der Tatsache, wie die Titelmusik auf uns wirkt.

Ardi, unsere gemeinsame Leidenschaft zu Büchern, Serien, Stanley Cups und später auch für USA Reisen, entdeckten wir erst nach 20 Jahren. Ich liebe es mich mit dir auszutauschen und dich zu ermutigen, dein eigenes Buch stetig weiterzuschreiben. Ich freue mich über jeden Besuch von dir in Frankfurt (oder auch über jeden Besuch von mir und Jess im tiefsten Odenwald) und denke gerne an jenen Sommerabend zurück, an dem wir mit frischem Burek im Cabrio auf dem Parkplatz standen und das erste Mal festgestellt haben, dass wir beide nicht nur Bücher lesen, sondern auch schreiben wollen. Ich freue mich auf weitere prägende Momente mit dir.

Carolinchen, bald haben wir den Punkt erreicht, dass wir mehr als die Hälfte unseres Lebens gemeinsam miteinander verbracht haben. Ist das nicht verrückt? Aus einer unscheinbaren Begegnung an der Oberstufe, entwickelte sich eine lebenslange Freundschaft. Durch dich konnte ich lernen, meine sensible Seite auch zeigen können und setzte mich das erste Mal mit Themen auseinander, die mich bis heute begleiten. Auch wenn das „Erwachsenenleben" uns jegliche Zeit und Kraft nimmt uns so nahe zu sein, wie wir es in der Schule waren, weiß ich, dass wir uns immer aufeinander verlassen können. Dafür danke ich dir.

Emi, in meinem Kopf warst du sehr lange die kleine sechsjährige Emi, die auf jeder Familienfeier aufgeregt jedes Familienmitglied aus Liebe zerquetschen möchte. Und plötzlich wurdest du 17. Deine Leidenschaft zu Büchern zeigte sich schon früh in deinem Leben und bis heute bin ich gespannt, wohin es dich in deinem Leben verschlagen wird. Ich bin noch nie einem jungen Mädchen begegnet, das so ungreifbar intelligent und durchdacht ist, wie du es bist. Dich als Testleserin zu haben, war somit nicht nur in Bezug auf meine ausgewählte Zielgruppe wertvoll, sondern auch auf einer persönlichen Ebene.

Selen gurl, du weißt genau, für welche Person du meine Inspiration warst – in a good way! Unsere Freundschaft fing so unscheinbar an und entwickelte sich erst über Jahre zu dem, was sie heute ist. Im fünften Semester an der Uni saß ich in Mrs. Preciados Englisch-Seminar und konnte gar nicht aufhören, dich zu begutachten. Dein Style war so durchdacht und einzigartig, dass du meine volle Aufmerksamkeit hattest. Schon bald fanden wir uns in einer

Partnerarbeit wieder, in der wir über das US-amerikanische Schulsystem eine Präsentation hielten und tauschten unsere Nummern aus. Über Jahre merkten wir, wie viele Gemeinsamkeiten wir eigentlich teilen und mittlerweile sogar auch den Wohnort. Ich liebe unsere regelmäßigen Abendessendates in fancy Restaurants und werde unsere Insider wohl nie vergessen: Fischstäbchen mit Reis.

Last but not least: *Alex*. In einer Zeit, in der ich mir sicher war, mich nie wieder jemanden öffnen, geschweige denn authentisch sein zu können, warst du da und stelltest das Gegenteil unter Beweis. Du bist nicht nur eine Inspiration für einen sehr wichtigen Charakter in diesem Buch gewesen, die ironischerweise auch gut zu meinem Leben passt, du bist viel eher eine Inspiration für das Leben. Deine Leichtigkeit und Gelassenheit im Alltag, ist zweifellos beneidenswert. Egal was ist, du findest immer einen Grund zum Lachen und überraschst mich regelmäßig mit verschiedensten Dingen, ob es Rosen sind, zu scharfes und für mich nicht essbares Essen oder Kurztrips. Dass du dich für die Psychologie als Karriereweg entschieden hast, macht für mich in jeder Hinsicht Sinn. Du bist empathisch, aufmerksam, sensibel, dennoch kontrolliert und wohlwollend. An unserem ersten Date fragte ich dich „Wieso ausgerechnet Psychologie? Du bist den ganzen Tag von grausamen Geschichten umgeben" und du sagtest, ohne auch nur darüber nachzudenken, „die grausamen Geschichten gibt es auch ohne mich – wir müssen das Beste aus der Situation machen und genau das versuche ich." Dieser Satz begleitet mich jetzt schon seit Jahren, so wie du mich auch.